우리는

난민입니다

리즈 웰치

활발히 활동하는 언론인이자 저술가. 뉴욕타임스 베스트셀러 『답장할게, 꼭』을 공동 집필하였고, 역시 공동 집필한 『아이들은 괜찮아The Kids Are All Right』가 ALA 알렉스상을 수상하였다. 뉴욕타임스, 퍼레이드, 라이프 등 여러 매체에 기고해 왔다.

박찬원

연세대학교와 대학원에서 불문학을, 이화여자대학교 통번역대학원에서 한영번역을 공부하고 다양한 분야에서 활동하고 있다. 『청소년을 위한 나는 말랄라』 『어린이를 위한 나는 말랄라』 등을 우리말로 옮겼으며, 그 외의 역서로 『지킬 박사와 하이드』 『벤자민 버튼의 시간은 거꾸로 간다』 『거대한 지구를 돌려라』 등 여러 작품이 있다.

말랄라 유사프자이·리즈 웰치 지음
박찬원 옮김

우리는 난민입니다

나의 여정,
그리고
세계 곳곳
여성 청소년 난민의
목소리

문학동네

그 누구도 집을 떠나지 않는다,
집이 상어 아가리가 아니라면.

국경 너머로 도망간다면
그건 오로지 도시 전체가 다 도망가고 있기 때문이다.

- 워산 샤이어, 「집」

차례

프롤로그 9

1부 말랄라, 나는 난민이다

우리가 알던 삶 15

어떻게 이런 일이 일어날 수 있을까? 20

국내난민 24

부서진 고향 30

집으로 돌아가다 34

두 세계 사이에서 40

2부 우리는 난민이다

자이나브와 사브린 _우리가 헤어져야 했던 이유를 나는 아직도 알지 못한다 53

자이나브 57

사브린 73

다시, 자이나브 83

무준 _불안을 이겨 내는 방법은 앞으로 전진하는 길뿐이었다 93

나일라 _우리는 살아 있어 행운이었다 103

마리아 _우리 안에 지닌 것은 아무도 빼앗지 못한다 115

아날리사 _제게 신호를 보내 주세요 125

마리 클레어와 제니퍼 _새로운 시작 145

마리 클레어 149

제니퍼 161

아지다 _우리는 걷고 또 걸었다 171

파라 _이것이 나의 이야기다 181

에필로그 199

그 후의 이야기 204

프롤로그

어머니, 아버지, 남동생들과 버밍엄 거리를 걸을 때면 잠시 걸음을 멈추고 평화를 느껴 본다. 평화는 우리 주변 어디에나 있다. 바람에 부드럽게 흔들리는 나무에도, 도로를 오가는 차 소리에도, 아이의 웃음소리에도, 수줍게 손을 잡고 친구들 뒤를 따라가는 소년 소녀에게도.

나는 내 온몸으로 평화를 느낀다. 내가 살아 있는 것에 대해, 우리 가족이 안전한 것에 대해 매 순간 알라신에게 감사드린다. 사람들이 평화를 무심하게 받아들일 때마다 나는 놀라지 않을 수 없다.

모든 사람이 평화를 누리는 것은 아니다. 어린이들을 포함해 수많은 사람들이 매일같이 전쟁을 목격한다. 그들에게 현실이란 무자비한 폭력과 파괴된 집, 목숨을 잃은 무고한 사람들이다. 안전한 삶을 위해 그들이 할 수 있는 유일한 선택은 떠나는 것이다. 난민이 되기로 '선택'하는 것이다. 하지만 이것을 선택이라 할 수 있을까.

2009년, 우리 가족을 비롯해 파키스탄 스와트 지역에 뿌리내리고 살던 사람들이 집을 떠나야 했다. 우리에겐 선택의 여지가 없었다. 그곳은 안전하지 않았다. 하지만 어디로 가야 하나?

그때 나는 열한 살이었고, 그렇게 난민이 되었다.

폭력을 피해서 집을 떠나거나 난민이 된 사람들에게 안전한 곳은 여전히 없는 것처럼 보인다. 유엔에 따르면 2017년 기준 전 세계에서 6,850만 명이 어쩔 수 없이 집을 떠났고, 그중 2,540만 명이 난민으로 간주된다고 한다.

그들은 의사이고 교사이다. 변호사, 기자, 시인, 사제이다. 그리고 수많은 어린이들이다. 너무나 충격적인 숫자 때문인지 사람들은 그들이 학생이었고, 활동가였고, 말랄라란 이름의 딸이었고, 지아우딘이란 이름의 아버지였음을 잊곤 한다. 엄청나게 많은 난민들은 더 나은 미래를 희망하는 한 사람 한 사람의 인간이다.

새로운 삶을, 그것도 완전히 낯선 곳에서 다시 일궈 낸 이들이 있다. 내가 이들을 만날 수 있었던 것은 커다란 영광이었다. 이들은 너무나 많은 것을, 때로는 사랑하는 사람까지 잃은 후에 다시 시작해야 했다. 새로운 언어를, 새로운 문화를, 새로운 존재 방식을 배워야 했다. 난민이 되었던 나의 경험을 사람들과 나누는 것은 내 과거가 주목받기를 바라서가 아니다. 내가 만났던, 그리고 내가 만나지는 못했지만 이 세상에 존재하는 난민들에게 경의를 표하기 위해서다.

내가 이 책을 쓰는 이유는 난민들도 평범한 사람들이란 사실을 모르는 이들에게 말하고 싶기 때문이다. 그들이 난민이라는 이름을 얻게 된 유일한 이유는 폭력의 한복판에서 어쩔 수 없이 떠나야 했다는 것뿐이다. 게다가 그들은 그 과정에서 너무나 많은 위험을 감수해야 했다. 도대체 왜? 죽느냐 사느냐의 문제였기 때문이다.

11년 전 우리 가족이 그랬듯이, 그들도 사는 길을 선택할 수밖에 없었다.

1부

말랄라,
나는 난민이다

Malala Yousafzai

파키스탄으로 돌아가는 헬리콥터 안에서 이 사진을 찍었다.
“내게는 지상에서 가장 아름다운 곳이다”라고 트위터에 썼다.

우리가 알던 삶

눈을 감고 어린 시절을 생각하면 소나무 숲과 눈 쌓인 산들이 떠오른다. 세차게 흐르는 강물 소리가 들리고, 발아래 부드러운 흙이 느껴진다. 나는 한때 동방의 스위스라 알려졌던 스와트 계곡에서 태어났다. 지상의 낙원이라 불리기도 했는데, 나 역시 동의한다. 스와트는 가장 행복했던 내 어린 시절 기억의 배경이다. 친구들과 뛰어다니던 일, 밍고라의 우리 집 옥상에서 놀던 일, 부모님이 태어난 산간 마을 샹글라의 친척 집을 방문했던 일, 어머니가 친구들과 오후에 차를 마시며 나누던 대화와 아버지가 친구들과 벌이던 정치 토론에 귀를 기울이던 일. 모두 스와트에서의 추억이다.

아버지가 가끔 탈레반 이야기를 하곤 했지만 그때는 먼 곳의 위협에 불과했다. 당시에는 탈레반이 파키스탄이 아닌 아프가니스탄에 있었다. 우리가 염려할 일은 아무것도 없었다. 적어도 나와 내 남동생 쿠샬에게는 걱정거리가 아니었다. 곧 막냇동생 아탈이 태어났고, 그때 나의 가장 큰 고민거리는 이 두 남동생이었다.

그러다 2004년, 변화가 시작되었다. 나는 당시 어렸지만, 부모님 눈에서 점차 커 가던 두려움을 알아챘던 기억이 난다. 그로부터 5년 후, 내가 사랑하는 스와트는 더 이상 안전한 곳이 아니었고, 우리는 수많은 다른 사람들과 함께 고향을 떠나야 했다.

그들은 천천히 우리의 삶을 파고들었다. 파키스탄은 여성을 위한 진보 시대를 맞이하고 있었지만, 스와트 지역은 오히려 거꾸로 가고 있었다. 2003년 아버지가 고등학교를 설립했을 때는 남학생과 여학생이 함께 수업을 들었지만, 2004년이 되자 남녀공학이 금지되었다.

2005년에는 지진이 발생해 마을이 파괴되고 어린이 18,000명을 포함해 73,000명이 넘는 사람들이 목숨을 잃었을 뿐 아니라 살아남은 사람들도 힘겨운 상황에 처했다. 한 극단주의 종교단체가 이 자연재해로 집을 잃은 이들에게 원조를 제공하더니, 지진이 신의 경고라는 메시지를 퍼뜨렸다. 사람들은 그들의 말을 받아들였다.

훗날 탈레반의 일부가 된 이 극단주의자들은 라디오 방송에서 이슬람 교리를 지나치게 엄격하게 해석하여 설교하기 시작했다. 여자들은 모두 얼굴을 완전히 가려야 하며, 음악과 춤과 서양 영화는 죄악이라고 말했다. 남자들은 수염을 길게 길러야 하고, 여자들은 학교에 다녀서는 안 된다고 주장했다. 하지만 우리의 이슬람 교리는 이런 것이 아니었다.

그들은 이슬람의 이름으로 우리의 일상생활 방식을 통제하려 했다. 사람들이 몸에 걸칠 수 있는 것과 귀로 들을 수 있는 것, 눈으로 볼 수 있는 것을 결정하려 들었다. 무엇보다도 그들은 여성의 권리를 빼앗으려 했다. 아이러니한 것은 옛 생활방식으로 돌아갈 것을 부르짖은 그 원리주의자들이 메시지를 전파하는 일에 현대의 기술, 즉 라디오를 이용했다는 점이다.

2007년이 되자 그들의 명령은 더욱 강압적이고 구체적이 되었다. 텔레비전과 컴퓨터, 기타 전자기기들을 집에서 없애라고 요구했을 뿐 아니라, 그것들을 불태우고 부수었다. 그들이 전자제품을 쌓아 놓고 불을 질렀을 때 거기서 나던 플라스틱과 전선 녹는 냄새가 아직도 또렷이 기억난다. 여학생이 학교에 다니지 못하도록 방해하는 방식도 그전보다 더 노골적이었다. 라디오에서 학교를 그만둔 소녀들과 부모의 이름을 호명하며 찬사를 보냈고, 계속 학교에 다니는 소녀들의 이름을 부르며 비난했다. 그들은 곧이어 여성 교육이 반이슬람적이라고 선언했다.

학교에 다니는 일이 어떻게 반이슬람적이란 말인가? 도대체 배우는 일의 어떤 점이 이슬람에 반하는 것인가? 나는 이해할 수 없었다.

나의 아버지 지아우딘은 여자는 집 밖으로 나오지 말아야 한다는 주장에 분노했다. 아버지는 학교 두 곳을 운영 중이었고, 그 중 한 학교는 여학교였다. 처음에 아버지는 극단주의자들을 큰 위협으로 느끼지 않았다. 공포의 대상이라기보다는 성가신 존재 정도로 생각했고, 그래서 환경운동에 집중하고 있었다. 우리 도시가 급격하게 성장하면서 대기와 식수 오염이 문제가 되고 있었기 때문이다. 아버지와 친구들은 스와트 계곡의 환경보호, 평화 증진과 교육 장려를 위한 단체를 만들었다. 어떤 사람들은 아버지 말에 귀 기울이며 존경했고 어떤 사람들은 아버지를 골칫거리로 생각했다. 하지만 아버지는 정의감이 투철했고 선을 위해 싸우는 사람이었다.

그러다 탈레반을 추종하는 이들이 많아지고 그들이 갈수록 더 큰 힘을 갖게 되자 우리가 알던 삶은 옛 앨범 속 행복한 추억이 되고 말았다. 우리 가족은 집 밖을 지나가던 누군가에게 들릴까 봐 텔레비전 소리를 낮추기 시작했다.

탈레반과 과격분자란 단어는 이제 뉴스에만 나오는 용어가 아니라 일상 대화에서 쓰이는 말이 되었다. 그리고 이 과격분자들이 스와트에 침투하고 있다는 소문이 퍼져 나갔다.

수염을 길게 기르고 검은 터번을 쓴 채 거리를 걷는 남자들이 보이기 시작했다. 그런 사람이 하나만 보여도 마을 전체가 두려움에 떨었는데, 이제 그들이 무리 지어 거리 여기저기를 돌아다니고 있었다. 그들이 누구인지 정확하게 아는 사람은 아무도 없었지만, 그들이 탈레반과 연관 있고 탈레반의 규율을 집행하고 있음은 모두 알 수 있었다.

내가 처음으로 탈레반과 맞닥뜨린 것은 친척을 만나러 샹글라로 가던 길에서였다. 사촌 오빠가 차에 카세트테이프 몇 개를 가지고 있었고, 그중 한 개를 막 카세트 플레이어에 넣은 참이었다. 저 앞에서 검은 터번을 두르고 얼룩덜룩한 위장용 조끼를 입은 남자 두 명이 차를 세우라고 손짓하는 것이 보였다.

사촌 오빠는 테이프를 빼고 다른 테이프들도 집어 들더니 우리 어머니에게 넘기며 속삭였다.

"숨겨야 해요."

어머니는 조용히 테이프들을 가방에 넣었고, 그러는 동안 우리 차는 속도를 줄이며 멈춰 섰다.

두 남자 모두 수염이 길었고 어깨에 기관총을 메고 있었다. 둘 다 눈빛이 잔인해 보였다. 어머니가 베일을 당겨 얼굴을 가렸다. 떨고 있는 어머니의 손을 보자 심장이 더 빨리 뛰었다.

둘 중 한 명이 차 안으로 몸을 숙이며 물었다.

"카세트테이프나 CD 있어?"

사촌 오빠가 고개를 저었고, 어머니와 나는 아무 말도 하지 않았다. 나는 그 탈레반이 내 심장 뛰는 소리를 듣거나 어머니 손이 떨리는 것을 볼까 봐 두려웠다. 내가 숨을 죽이고 있는데 그가 뒷좌석 창문으로 얼굴을 들이밀며 엄격한 말투로 말했다.

"자매, 얼굴을 가려야 한다."

나는 묻고 싶었다. 왜요? 나는 아직 아이인데요. 하지만 그가 어깨에 멘 기관총 때문에 아무 말도 할 수 없었다.

그들은 손짓으로 우리를 통과시켰지만 우리는 조금 전과 같은 즐거움을 다시 느낄 수가 없었다. 차 안에는 침묵만 흘렀다.

우리 주위에서 점차 커 가고 있던 두려움이 이젠 너무나 가까이 다가와 더 이상 무시할 수 없게 되었다. 그리고 마침내 테러가 시작되었다.

어떻게 이런 일이 일어날 수 있을까?

내가 열한 살이 되었을 무렵 탈레반이 매일 밤 스와트 전역의 여학교를 폭탄으로 파괴하기 시작했다. 아침에 학교에 갔더니 잔해만 남은 것을 보게 되는 일을 상상해 보라. 정말 끔찍했다.

그들은 전기를 끊기 시작했고 스와트 지역의 정치인들을 공격했다. 심지어 어린이들의 게임도 금지시켰다. 집에서 어린이들이 웃는 소리가 들리면 탈레반이 불쑥 들이닥쳐 게임기를 부순다는 소문이 들려왔다. 그들은 또한 경찰서를 파괴하고 시민들을 공격했다. 탈레반에 반대하는 누군가의 이야기가 그들 귀에 들어가면, 라디오 방송에서 그 사람의 이름이 발표되었고, 그러면 다음 날 아침 그 사람이 시내 중심가 그린 광장에서 죽은 채 발견되는 경우도 있었다. 시신 위에 죽은 이의 '죄'를 설명하는 종이가 꽂혀 있기도 했다. 아침마다 줄지어 있는 시신들을 보는 일이 너무나 참혹했기에 사람들은 그린 광장을 피의 광장이라 부르기 시작했다.

이는 모두 그들의 극단주의적 선전의 일환이었고, 그것은 효과가 있었다. 탈레반이 스와트를 장악한 것이다.

아버지는 탈레반으로부터 여성 교육과 평화 증진을 주장하는 일을 그만두라는 경고를 받았지만 멈추지 않았다. 대신 집에 올 때면 미행을 피해 이리저리 길을 멀리 돌아서 오곤 했다. 나도 새로운 습관이 생겼다. 매일 밤, 잠자리에 들기 전 대문과 창문이 잘 잠겼는지 확인하는 것이었다.

우리는 스와트에 정부군이 파견되었을 때 잠시 희망을 품었다. 정부군은 밍고라의 우리 집 근처에 주둔했다. 때로 금속 날개가 윙윙거리며 공기를 가르는 소리가 들려왔고, 올려다보면 군복을 입은 군인들을 가득 태운 헬리콥터들이 보였다. 그 광경은, 거리에서 기관총을 들고 있는 탈레반들과 더불어 우리에게 일상적인 풍경이 되었다.

내 동생들은 친구들과 놀 때 숨바꼭질 대신 탈레반과 정부군으로 편을 나누어 전쟁놀이를 하기 시작했다. 아이들은 종이로 총을 만들어 전투 흉내를 내고 서로에게 총을 '쏘았다.' 내 친구들과 나도 별것 아닌 가십이나 우리가 좋아하는 영화배우 이야기를 나누기보다, 우리가 다시 안전하게 살 수 있을지 걱정하곤 했다.

이것이 이제 우리의 삶이었다. 어느 누구도 상상조차 하지 못했던 일이다. 쾅 하고 울리는 커다란 폭탄 소리가 들려오고 땅이 흔들릴 때가 잦았다. 온종일 폭탄 소리가 들리지 않은 날이면 우리는 이렇게 말하곤 했다.

"괜찮은 하루였어."

2008년 말 무렵, 탈레반은 새로운 규칙을 만들었다. 모든 여학교는 2009년 1월 15일까지 문을 닫아야 하며, 문을 닫지 않으면 공격을 당할지도 모른다고 했다. 아버지도 그 명령에 따를 수밖에 없었다. 아버지로서는 학생들을, 그리고 자신의 딸을 위험에 처하게 할 수 없었기 때문이다.

그즈음 나는 영국 BBC 방송의 우르두어 사이트에 글을 쓰고 있었다. 이 블로그를 통해 훗날 우리의 이야기와 파키스탄의 여성 교육이 공격당하고 있는 현실이 전 세계에 알려지게 된다. 나는 한때는 소박한 즐거움이었던 걸어서 등교하는 일이 어떻게 두려움에 휩싸인 달음박질이 되었는지에 대해 썼다. 밤이면 밍고라를 둘러싼 산에서 폭탄이 터지고 드르르륵 기관총 쏘는 소리가 들려와, 가능하면 창문에서 멀리 떨어진 마룻바닥에서 온 가족이 함께 웅송그린 채 모여 잤다는 이야기도 썼다. 나는 폭탄이 터지기 이전 그 산자락으로 소풍 가던 시절이 그리웠다. 우리의 쉼터였던 곳이 이젠 전장이 되어 있었다.

여학교 폐쇄령이 내려지자 많은 여학생들이 학교를 그만두거나 교육을 받을 수 있는 다른 지역으로 떠났고, 스물일곱 명이던 우리 학년은 열 명으로 줄었다. 하지만 내 친구들과 나는 마지막 날까지 학교에 갔다. 아버지는 겨울방학을 연기해 가능한 한 우리가 오래 학교에 다닐 수 있도록 배려했다.

마침내 어쩔 수 없이 학교 문을 닫아야 하는 날이 되었다. 우리 학교의 학생들뿐만 아니라 5만여 명의 우리 지역 여학생들이 학교에 다닐 권리를 잃었다.

우리는 그날 최대한 오래오래 학교에 남아 있었다. 사방치기를 했고, 애써 평소처럼 웃으며 이야기를 나누었다.

집으로 돌아오자 슬픔이 몰려왔다. 여학교 금지령은 내가 꿈꾸는 일을 금지하는 것이었고 나의 미래를 제한하는 것이었다. 내가 교육을 받지 못한다면 나의 미래는 어떻게 될 것인가? 나에게 깊은 상처로 남은 날이었다.

국내난민

겨울방학이 끝나자 남동생들은 학교로 돌아갔지만 나는 가지 못했다. 쿠샬은 자기도 집에 그냥 있었으면 좋겠다고 농담을 했지만, 나는 그 말이 하나도 재미있지 않았다.

탈레반은 계속해서 학교에 폭탄을 퍼부었다. 나는 BBC 블로그에 학교들이 문을 닫았는데도 왜 탈레반이 폭격을 계속하는지 이해할 수 없다는 글을 썼다.

아버지는 계속 목소리를 높여 공개적으로 문제를 제기했고, 나도 아버지와 함께 텔레비전에 출연하고 라디오 인터뷰를 했다. 여성 교육 금지가 너무나도 많은 반발을 사게 되자 탈레반의 우두머리는 이 금지령을 완화할 수밖에 없었다. 그는 2월이 되자 여학생들도 4학년까지는 학교에 다녀도 좋다고 한 발 물러섰다. 나는 5학년이었지만 이 기회를 놓칠 수 없었다. 그래서 한 살 어린 척했고, 내 친구들 역시 그렇게 했다. 그렇게 우리는 몇 달 동안 더없이 행복하게 우리의 '비밀학교'를 다녔다.

그로부터 멀지 않아 정부군과 탈레반 사이에 평화가 선언되었고 우리는 안도했다. 그러나 진정한 평화는 찾아오지 않았고 탈레반은 더욱 강력해졌다. 사태가 악화되어 2009년 5월 4일, 정부는 스와트의 모든 주민들에게 스와트를 떠나라고 발표했다. 정부군이 탈레반에 대항하여 강력한 군사작전을 펼칠 계획이었고, 스와트에서 본격적인 전투가 벌어지리라는 예상이 있었기 때문에 그대로 머무는 일은 위험했다.

우리 가족은 뉴스를 듣고 충격에 빠졌다. 이틀 내에 피난을 떠나야 한다고 했다. 어머니는 울음을 터뜨렸고, 아버지는 고개를 젓기만 했다.

"그럴 일 없을 거야."

그러나 밖으로 나가 보면 곧 알 수 있었다. 이미 일어난 일이었다. 길에는 사람들을 빽빽하게 태운 차들과 차체에까지 사람들이 매달린 버스들이 가득했다. 사람들이 오토바이를 타고, 트럭을 타고, 릭샤나 노새가 끄는 수레를 타고, 모두 충격에 빠져 휘둥그레진 눈으로 피난을 떠나고 있었다. 차량이 충분하지 않았기 때문에 걸어서 떠나는 사람도 수천 명이었다. 필요한 물건들은 비닐봉지에 넣고, 아이들은 업거나 안았으며, 노인들은 수레에 태워 밀고 갔다.

그럼에도 아버지는 꼼짝도 하지 않으려 했다. 이 모든 일이 사실인지 확인할 때까지 기다려야 한다고 거듭 말했다.

분위기가 점차 날카로워지자 마침내 어머니가 아버지의 친구에게 전화를 걸어 말했다.

"빨리 좀 와 주세요. 이 사람이 제정신이 아니에요. 안 떠나겠다는데 이건 너무 위험하잖아요."

같은 날, 친척 한 사람이 소식을 전하러 우리 집에 달려왔다. 먼 친척이 정부군과 탈레반 사이의 십자포화에 죽었다고 했다.

어머니가 짐을 꾸리기 시작했다. 우리는 다음 날 샹글라로 떠나기로 했다. 국내난민이 되는 것이다.

나는 잘 울지 않지만, 그날은 울고 말았다. 다시는 우리 집과 친구들과 학교를 보지 못할까 봐 걱정이 되었다. 한 신문기자가 어느 날 스와트를 떠나 다시는 돌아오지 못하게 된다면 어떤 기분이 들 것 같냐고 물은 적이 있었다. 그때 나는 말도 안 되는 질문이라 생각했었다. 그런 가능성은 상상조차 할 수 없었기 때문이다. 그런데 이제 우리가 떠나고 있었고, 다시 돌아올 수는 있는지, 돌아온다면 그게 언제일지 모르는 상황이었다.

동생들이 키우던 병아리들을 데리고 가자고 애원했다. 어머니가 병아리들이 차를 더럽힐 거라고 하자 아탈은 기저귀를 채우겠다고 말했다. 나는 옷 몇 벌을 꾸렸고, 가방 하나에 교과서를 가득 담았다. 그때가 5월이었고, 6월 말에 시험이 있을 예정이었나. 나는 계속 물었다.

"우리 언제 돌아와요? 일주일 후에? 한 달 후에? 일 년 후에?"

아무도 대답할 수 없었다. 모두 짐을 꾸리느라 바빴다. 어머니가 책은 집에 두고 가라고, 책을 실을 자리가 없다고 말했다. 나는 속이 상했지만 책들을 벽장 안에 숨기고 곧 돌아오게 해 달라고 기도를 올렸다.

우리는 차가 없었기 때문에 다른 가족의 차 두 대에 나눠 탔다. 그 차들도 이미 만원이었기에 빽빽하게 끼어 앉아야 했다. 나는 내 친구 사피나네 차를 타고서 나머지 가족을 태운 아버지 친구의 차를 뒤따라갔다. 우리는 그렇게 스와트를 떠나는 차량들의 길고 긴 줄에 합류했다. 탈레반은 거리 곳곳을 폐쇄했고, 나무들을 쓰러뜨려 길을 차단하기도 했다. 모든 차량이 도로 몇 곳으로 몰리면서 우리는 엉금엉금 기다시피 도시를 빠져나갔다. 가다가 커다란 트럭 한 대를 보았는데, 트럭 앞바퀴 사이의 좁고 긴 판 위, 사람이 있어서는 안 될 그곳에 두 명이 보닛을 붙잡고 앉아 있었다. 스와트에 남느니 트럭 바퀴 아래로 떨어질 위험을 감수한 것이다. 그날 사람들은 그런 '선택'까지 해야 했다.

그에 비하면 상대적으로 편안한 차 안에서 나는 두려운 눈으로 사람들의 물결을 바라보았다. 한쪽 어깨에는 가방을, 다른 어깨에는 아이를 둘러메고 가던 여성들, 무거운 가방들을 짊어진 사람들, 아무것도 챙기지 못한 사람들, 심지어 신발조차 신지 못한 사람들. 다섯 명이 정원인데 열 명이 탄 차, 열 명이 정원인데 스무 명을 실은 트럭. 인산인해 속에서 아이들을 잃어버리지 않으려 스카프로 두 딸의 손목을 묶은 어머니.

이런 것을 선택이라 할 수 있을까? 스와트에 최후의 심판일이 닥친 것만 같았다. 우리에게 이것은 선택이 아니었다. 생존이었다.

평소에 이용하던 샹글라 방면 도로는 탈레반들이 막고 있어 먼 길을 돌아가야 했다. 정부군으로서는 주민들을 대피시키는 것이 대량 사상자를 내지 않고 탈레반을 물리치는 유일한 방법이었다. 그것을 알았던 탈레반은 민간인들을 방패로 이용하는 것이 최선의 방책이었기에 사람들이 떠나는 것을 필사적으로 막았다.

우리는 첫날 100여 킬로미터 정도 떨어진 곳인 마르단에 도착했다. 임시 캠프가 만들어져 있었지만 우리는 운이 좋아 아버지의 친구 집에 머물 수 있었다. 이날 저녁에 대해 기억나는 것이라곤 내가 느꼈던 두려움과 절망감뿐이다. 머릿속은 온통 대답할 수 없는 질문들로 뒤죽박죽이었다. 우리는 앞으로 어떻게 되는 거지? 우리 집은 무사할까? 왜 이런 일이 일어난 걸까? 이제 이렇게 살게 되는 걸까?

아버지는 이런 상황은 며칠 이상 지속되지 않을 거라고, 다 잘될 거라고 거듭 말했지만 우리 모두 그 말이 사실이 아니란 것을 알았다.

아침이 되자 우리는 다시 샹글라로 떠날 준비를 했고, 아버지는 혼자 페샤와르로 향했다. 그곳에서 활동가 친구 세 사람과 함께 스와트의 평화 회복과 주민들의 신속한 귀환을 위해 정부를 설득할 거라고 했다. 또한 아버지는 스와트에서 무슨 일이 일어나고 있는지 세상에 알리고자 했다.

아버지를 껴안으며 작별 인사를 할 때는 눈물이 나와 혼났다. 아버지에게 많은 것을 묻고 싶었다. 언제 다시 만날 수 있나요? 혼자 가셔도 괜찮을까요? 우리는 아버지 없이도 괜찮을까요? 하지만 목이 메어 그 말들을 할 수 없었고 그냥 울기만 했다. 나는 울음소리가 들리지 않게 아버지 품에 얼굴을 묻었다.

"자니."

아버지가 내 애칭을 불렀다. 자니는 페르시아어로 '사랑하는 사람'이란 뜻이다.

"강인해져야 한다."

불확실한 여정을 시작한 지 사흘, 우리는 하룻밤은 낯선 사람들의 집에서, 이틀째 밤은 지저분한 호텔에서 묵었고, 마지막 남은 25킬로미터 가량은 짐을 모두 짊어지고 걸어야 했다. 우린 뭔가 낯익은 것이 그리웠다. 그만 이동하고 싶었다. 내 평생 그렇게 그냥 주저앉고 싶었던 적은 처음이었다.

나는 열한 살이었고, 우리가 왜 피난을 가는지 이해할 수 있는 나이였다. 아탈은 다섯 살이어서 우리가 피난을 가야 한다는 사실만 이해했다. 하지만 시간이 좀 지나자 끊임없이 떠오르던 생각들이 사그라들었고, 내게 남은 유일한 감각은 아탈과 전혀 다를 것이 없었다. 바로 기진맥진이었다.

마침내 샹글라에 도착했을 때 나는 대피 명령을 처음 들은 이

후 며칠 동안 참아 오던 안도의 숨을 내쉬었다. 친척들은 따뜻하게 벌린 두 팔과 슬픈 얼굴로 우리를 맞이했다. 작은아버지가 먼저 말을 했다.

"탈레반들이 막 여기를 지나갔다. 다시 돌아온다는 소문이 있는데…… 어떨지 모르겠구나."

너무 지쳐 울 힘도 없었다. 어디에도 안전한 곳은 없었던 것이다.

작은아버지의 집은 흙바닥에 돌로 벽을 쌓고 나무 지붕을 올린 집이었다. 흙냄새와 나무 냄새가 집 안에 가득했다. 나는 눈을 감고 내가 좋아하는 진흙 냄새를 깊이 들이마셨다. 그 냄새는 집, 가족, 그리고 잠시나마 평화를 의미했다.

부서진 고향

상글라의 친척들은 우리를 환대해 주었다. 우리는 어머니의 형제와 아버지의 형제 집을 오가며 한 집에 너무 오래 폐를 끼치지 않으려 노력했다. 나는 어머니의 형제인 아자브 삼촌 집에 있는 것이 좋았다. 삼촌의 큰딸인 나의 사촌 숨불이 자신이 다니는 학교에 함께 가자고 했기 때문이다.

나는 아침에 일어나 학교 갈 준비를 하며 뭔가 일상에 가까운 일을 하게 되어 기뻤다. 그런데 내가 가져온 샬와르 카미즈의 셔츠들과 바지들이 죄다 짝이 맞지 않는다는 것을 발견했다. 숨불은 내가 고민하는 모습에 미소를 짓고는 자신의 것을 한 벌 빌려주었다. 예전에는 숨불의 촌스러운 옷을 좀 놀리곤 했지만 그날만큼은 숨불의 옷이 고마웠다.

아침을 먹은 후 우리는 학교로 출발했다. 산길로 이어지는 돌투성이 흙길을 30분 정도 걸어야 했다. 나는 숨불의 학교와 숨불의 친구들, 숨불이 좋아하는 과목에 대해 궁금한 게 아주 많았다. 언제 아버지에게서 소식을 들을 수 있을지, 스와트에서는 무슨 일이 벌어지고 있을지 걱정을 하면서도 나는 학교에 다닐 수 있다는 사실에 신이 났다. 내가 샹글라에 온 이유가 여자들은 학교에 못 가게 하는 탈레반 때문이기에 더더욱 그랬다. 탈레반 때문에 고향을 떠나야 했지만 이곳에서 여전히 그들에게 저항할 수 있다는 사실이 마음에 들었다.

숨불이 나보다 한 학년 위였지만 나는 숨불의 반에 들어갔다. 그 반에 남학생은 열 명 넘게 있었는데 여학생은 우리를 제외하고는 두 명밖에 없었다. 게다가 여학생들은 남자 선생님이 들어올 때마다 얼굴을 가렸다. 그리고 수업 시간 내내 입을 열지 않았다. 손도 들지 않았고 질문도 하지 않았다. 첫 쉬는 시간이 되었을 때 남학생들은 간식을 먹으러, 혹은 화장실에 가려 교실에서 뛰어 나갔지만, 여학생들은 교실에 남아 조용히 이야기를 나

눴다. 나에겐 그 모든 것이 충격이었다.

나는 여전히 우리 나라 안에, 우리 가족과 함께 있었지만 낯선 곳에 있는 기분이었다. 나는 말을 너무 많이 했고, 선생님이 교실에 들어올 때 시선을 피하지도 않았다. 그렇다고 선생님을 존경하지 않는 태도를 보인 것은 아니다. 그냥 평소의 나답게 행동했을 뿐이다. 나는 남학생들과 마찬가지로 질문을 하기 위해 손을 들었지만 내 이름은 제일 마지막에 호명되었다.

하굣길에 숨불에게 왜 수업 중에 말을 하지 않는지 물었다. 숨불은 그냥 어깨를 으쓱했고, 나는 더 이상 묻지 않았다.

몇 주가 흘렀다. 우리 생활에 별다른 변화는 없었다. 나는 숨불과 함께 학교에 갔고, 학교에서 돌아오면 숙제를 하거나 사촌들과 놀았으며, 간절히 아버지 소식을 기다렸다. 사촌들과 함께 지내는 일은 좋았다. 샹글라에서 지낼 때면 항상 즐거웠었다. 하지만 이번에는 좀 다른 느낌이었다. 예전에 샹글라를 방문했을 때는 내게 돌아갈 날짜가 정해져 있었다. 그런데 지금은 얼마나 오래 머물게 될지 전혀 예상할 수 없었다.

머릿속이 복잡했다. 우리가 집으로 돌아갔을 때 스와트는 예전 모습 그대로일까? 탈레반은 물러갔을까? 정부군이 작전에 성공했을까? 그런데 그 성공은 무얼 의미하는 걸까?

어머니는 노키아 휴대전화를 갖고 있었지만 산간 마을에서는 연결 상태가 너무 나빠 들판 한가운데 바위 위로 올라가 전화를 해야 했다. 어머니는 매일 아버지에게 전화를 시도했지만 늘 통화에 성공하는 것은 아니었다.

마침내 약 6주 후 아버지는 우리가 페샤와르에 와도 안전하다고 말했다.

샹글라에서 나오는 길에는 들어갈 때와 달리 도로를 막거나 차를 세우라고 손짓하는 탈레반이 없었지만, 길은 멀기만 했다.

우리가 도착하니 아버지가 그동안 지내던 친구네 집 밖에서 우리를 기다리고 있었다. 아버지가 환하게 웃는 얼굴로 두 팔을 벌렸다. 아버지는 더 야위어 보였지만 그래도 행복해 보였다. 남동생 둘은 차 안에서 발을 구르며 먼저 차문을 열고 나가려 서로 밀치고 다투었다. 우리는 모두 달려가 함께 얼싸안았고, 나는 이번에는 너무나 기뻐 눈물을 흘렸다.

우리는 이제 함께였다.

다음 몇 주 동안 우리는 친절하고 너그러운 친구들과 친척들의 집을 여기저기 옮겨 다니며 지냈다. 우리 가족에게 집을 떠나 난민이 된다는 것은 무엇보다 다른 사람들에게 폐를 끼칠까 봐 염려하는 일이었다.

수백만 난민들과 마찬가지로 우리도 식량 배급을 받기 위한 국내난민 증명서를 가지고 있었다. 전에는 자기 밭을 소유했던 부자들도 이젠 밀가루 한 봉지를 받기 위해 줄을 서야 했다.

내 열두 번째 생일은 하리푸르의 친척 집에서 축하했다. 하리푸르는 두 달 동안 옮겨 다니며 도착한 네 번째 도시였다. 그런데 사실 축하라는 말은 맞지 않았다. 아무도 내 생일을 기억하지 못했기 때문이다. 사촌이 케이크를 가지고 왔지만 이미 자정이 넘은 후였다. 더 이상 내 생일날이 아니었던 것이다. 나는 최소한 작은 깜짝 선물이나 파티는 기대했었다. 지금 되돌아보니 어떤 사람들은 친척 집에서 안락하게 지내는 복도 누리지 못하던 시기였다. 생일날 자신이 불쌍하다고 우울해했던 어린 말랄라가 철없게 느껴지기도 한다. 하지만 나는 그저 열한 살 생일 때 친구들과 케이크를 나누어 먹던 평화로움이 그리웠던 것이다. 탈레반이 오기 전 내 고향 마을로 돌아가고 싶었을 뿐이다.

열두 살 생일에 나는, 내가 기억하던 고향은 내 꿈속에만 있을 뿐 더 이상 존재하지 않는다는 것을 뼈저리게 깨달아야 했다. 케이크와 초가 없어도, 나는 눈을 감고 평화를 기도했다.

집으로 돌아가다

드디어 집으로 돌아갈 수 있다는 소식을 들었을 때 나는 멍했다. 무언가를 너무나 간절히 원하다가 막상 그 일이 일어나면 생각하게 된다. 이거 진짜야?

지인의 빨간 픽업트럭 뒷자리, 아버지 옆에 올라타면서 나는 생각했다. 그래, 이거 진짜구나. 나는 집에 가는 거야! 내 침대와 내 책이 있는 곳으로. 내 친구와 내 이웃들에게로. 학교로!

하지만 차를 타고 가는 길에 기쁨은 가라앉고 불안이 밀려왔다. 총알 자국투성이인 집들을 여러 채 지나쳤고 부서져 잔해만 남은 집들도 보았다. 오래되지 않은 전투의 흔적이 사방에 있었지만 놀랍도록 조용했다. 우리 동네에는 무엇이 있을까? 지금까지 지나쳐 온 마을들 같을까? 이 모든 것을 재건하려면 얼마나 걸릴까? 해가 빛나고 있었고, 구름이 떠가는 하늘은 눈부시게 푸르렀다. 낯익은 폭포수가 보였다. 바위가 많은 협곡을 따라 반짝이며 떨어지는 물은 예전의 스와트가 어떤 곳이었는지 일깨워 주었다.

아버지는 밍고라가 가까워 오자 숨을 크게 쉬며 앞쪽에 펼쳐진 스와트 강을 바라보았다. 아버지의 얼굴을 보니 눈물을 흘리고 있었다. 나는 아버지가 왜 그렇게 감정이 격해졌는지 이해할 수 있었다. 나 역시 가슴속에서 뭔가 강렬한 느낌이 일었다. 페샤와르에서 아버지를 다시 만났을 때 느꼈던 것과 비슷했다. 나는 그것이 희망이었다고 생각한다.

나는 내가 운이 좋았기 때문에 고향을 다시 보며 그런 희망을 느낄 수 있었다는 것을 안다. 수많은 사람들이 희망의 끄트머리

조차 붙잡지 못했다. 그러나 내가 품었던 희망도 금세 희미해지고 말았다. 돌아오니 그곳은 떠날 때의 모습이 아니었다.

목숨을 보전하기 위해 정신없이 피난길에 올랐던 사람들 틈에 섞여 고향을 떠난 지 거의 석 달이 지났다. 고향의 거리는 텅 비어 있었다. 버스도, 자동차도, 릭샤도 없었다. 사람도 없었다. 너무나 조용해서 들리는 것이라곤 우리가 탄 트럭 엔진이 웅웅거리는 소리뿐이었다. 한때 소음으로 가득했던 밍고라가 묘지처럼 고요했다.

우리는 아무 말 없이 변해 버린 도시를 바라보았다. 거의 모든 건물들이 총탄 세례를 받았거나 폐허가 되어 있었다. 불탄 자동차들이 거리 한가운데 버려져 있었다. 하지만 기관총을 들고 다니던 복면 쓴 남자들도 보이지 않았다.

내가 그리도 사랑했던 고향이 이렇게 황폐해진 것을 보자 가슴이 무너져 내렸고, 탈레반에 대한 분노가 다시 치밀어 올랐다.

집이 가까워 오자 나는 초조했다. 폭탄을 맞았으면 어쩌지? 빈집털이가 있었다는 소문도 들었다.

마침내 대문을 열자 마당에는 풀이 내 무릎까지 자라 있었다. 집은 너무나 조용했다. 먼지가 좀 쌓이긴 했지만, 나머지는 우리가 떠날 때 모습 그대로였다. 모든 것이 제자리에 있었다. 동생들은 병아리들이 어떻게 됐는지 확인하러 뒷마당으로 뛰어갔다가

울면서 돌아왔다. 병아리들이 모두 굶어 죽은 것이다. 마치 마지막 숨을 쉬었을 때 서로 껴안고 있기라도 했던 것처럼 뼈만 남은 깃털과 날개들이 한데 모여 있는 것을 보자 눈물이 핑 돌았다.

손님방 벽장으로 달려가 보았다. 책을 넣어 둔 가방이 그 자리에 그대로 있었다.

감정이 북받쳐 내 방으로 가서 마음을 가다듬었다. 우리는 집에 돌아왔고, 내 책들은 그대로 있으며, 탈레반들은 보이지 않는다. 그런데 왜 이렇게 감당할 수 없을 정도로 슬픈 걸까?

오후에 나는 아버지와 학교를 살펴보러 갔다. 우리 집이 사실상 피해를 입지 않은 것과는 달리 학교는 군에서 작전기지로 사용한 흔적이 뚜렷했다. 책상들은 모두 옆으로 넘어져 있었고, 벽에는 기관총 총신이 들어갈 정도 크기로 구멍들이 뚫려 있었다. 바닥에는 발로 밟아 끈 담배꽁초와 종이들이 흩어져 있었다. 교실들을 돌아보던 아버지는 믿을 수 없다는 듯이 고개를 저었다.

그 후 며칠 동안 아버지는 교사와 직원들에게 연락했다. 모두 다시 돌아와 일하고 싶어 했다. 평범한 생활이 필요했던 것이다. 일상으로 되돌아가기까지 해야 할 일이 너무나 많았다. 전쟁이 휩쓸고 지난 자리에 돌아온 우리는 우리의 삶을 다시 재건해야 했다.

밍고라에 돌아온 사람들은 기뻐했지만, 불안한 느낌을 떨쳐 낼 수는 없었다. 이곳을 떠나기 전 탈레반은 눈에 띄는 차림으로 거리를 돌아다녔다. 그런데 이제 그들은 몸을 숨긴 채, 자기들에게 반대하는 사람들을 표적 살해하며 공포감을 조성했다. 우리는 그들을 알아볼 수 없었지만 그들은 어디에나 있었다. 시장에도, 교문 밖에도, 버스에도 있을지 몰랐다. 정부군에 의해 조직은 와해되었지만 여전히 소규모 무리들이 존재했다. 탈레반은 소멸된 것이 아니었다. 그냥 흩어졌을 뿐이었다.

우리는 매일 긴장 속에 살았다. 작은 불안들을 애써 무시하기도 했지만 때로는 커다란 굉음 같은 두려움이 덮쳐 와 도저히 떨쳐 버릴 수가 없었다. 테러 뉴스를 본 날이면 더더욱 그랬다.

그럼에도 우리는 최선을 다해 일상을 되찾아 갔다. 거리에는 택시와 릭샤가 다시 넘쳐 났다. 가게들이 문을 열고, 학교와 회사들도 정상으로 돌아갔으며, 친구와 이웃과 밀린 이야기를 나누었다.

나는 여성 교육을 위한 활동을 다시 시작했다. 나에게는 여성 교육 금지에 저항하는 연설과 글쓰기 등을 통해 미디어에 노출되면서 마련한 토대가 있었다. 그것을 기반으로 계속 변화를 만들어 내고 싶었다. 이미 긍정적인 변화가 시작되고 있었다. 400여 곳의 학교(여학교의 70퍼센트)가 파괴되었지만 많은 곳이 재건되었다. 전반적인 상황이 나아지고 있었다. 심지어 표적 살해도 감소

하고 있었다. 우리는 다시 안전하다고 느끼기 시작했다. 아주 작은 소음 같던 불안감마저도 줄어들며 마침내 탈레반 생각을 거의 하지 않고 지내게 되었다.

나는 공부를 마친 후 정치인이 되어 파키스탄의 소녀들을 돕고 싶었다. 그러나 인생은 계획대로 되지 않았다. 2012년 10월 9일, 나는 총에 맞았다. 여성 교육과 평화를 주장했다는 이유로 탈레반의 표적이 되었던 것이다.

그날 무슨 일이 일어났는지에 대한 이야기는 이 책에서는 되풀이하지 않으려 한다. 분명한 것은 그런 종류의 경험을 하고 나면 대개는 두 가지 극단적인 상태에 이르게 된다는 것이다. 완전히 희망을 잃고 산산이 부서지게 되거나, 아니면 놀라운 회복력을 보이며 이젠 그 누구도 망가뜨릴 수 없는 강인한 사람이 되거나.

나의 삶은 다시 한번 내가 통제할 수 없는 상황 때문에 비 꺼고 말았다. 이번에는 폭력이 직접적으로 나를 향했고, 내 삶 속 너무나 많은 사람들에게 영향을 끼쳤다. 정신을 잃은 나는 파키스탄의 밍고라에서 페샤와르로, 다시 라왈핀디로 옮겨졌고, 일주일 후 여전히 혼수상태인 채로 비행기를 타고 영국의 버밍엄으로 갔다. 나는 불행 중 다행으로 총격도, 그 후 이어진 일주일에 관해서도 기억하지 못한다. 내가 기억하는 것이라고는 총격 직전 학교 버스 안에서 친구들과 나누었던 시험 이야기뿐이다.

눈을 떴을 때, 머리가 지끈거리고 아팠다. 한쪽 귀가 들리지 않았고 왼쪽 얼굴이 움직이지 않았다. 나는 외국의 어느 병원 침대에 가족 없이 혼자 누워 있어야 했다. 의사들은 나를 아는 것 같았지만 나는 그 의사들을 알지 못했다. 나는 다시 한번 고향을 떠나 난민이 되어 있었다. 수많은 의료기기들이 나의 생존을 돕고 있었다.

그렇다. 나는 이번에도 부서지지 않았다.

두 세계 사이에서

파키스탄에서 비행기를 타고 영국으로 온 지 거의 석 달 후, 나는 새로운 삶을 시작해야 했다. 병원 밖으로 걸어 나갔을 때 내가 처음 느낀 것은 누군가 내게 준 보라색 패딩코트를 뚫고 들어오는 추위였다. 패딩이 너무 커서 내가 옷에 파묻힌 작은 인형처럼 느껴졌다. 차가운 공기가 목을 타고 스며들었고, 소매를 타고 올라오는 냉기가 뼛속 깊이 전해졌다. 다시는 따뜻함을 느끼지 못하는 건가 생각했다. 낮게 가라앉은 잿빛 하늘과 바닥에 흩뿌려진 흰 눈이 우울한 분위기를 자아내고 있었다. 고향의 따뜻함과 햇볕이 간절히 그리웠다.

가족들과 함께 차를 타고 버밍엄의 거리들을 지나 한 고층건물로 향했다. 영국에 온 부모님이 호텔에서 몇 주 지내면서 구한 집이었다. 차창 밖 분주해 보이는 버밍엄을 보자 파키스탄의 수도 이슬라마바드가 떠올랐다. 하지만 이곳의 고층건물들이 훨씬 더 높아서, 올려다보면 현기증이 날 지경이었다. 어떤 건물에는 네온사인이 무지개 색깔로 반짝거렸고, 어떤 빌딩은 마치 은박지에 싸인 것처럼, 혹은 거울을 이어붙인 것처럼 보였다.

사람들도 달랐다. 피부색도 흰 사람, 갈색인 사람, 검은 사람 모두 섞여 있었고, 인종도 다양했다. 추운 거리 위로 부르카를 입은 여성들이 짧은 치마를 입은 여성들과 나란히 걸었다. 짧은 치마를 입은 여자들의 맨다리에 소름이 돋아 있었고, 어마어마하게 굽이 높은 신발을 신은 여자도 있었다. 나는 이슬라마바드에서 머리에 스카프를 쓰지 않은 여성들을 보며 진보적이라 생각했던 기억을 떠올리며 미소 지었다.

우리 가족은 파키스탄에서 버밍엄으로 올 때 입고 있던 옷이 전부였다. 집에 다녀올 시간도 없었고, 그럴 수 없기도 했다. 그래서 우리는 완전히 낯선 세계에서 아무런 준비 없이 처음부터 시작해야 했다. 일단 살림부터. 집에서 식사를 하려면 그릇과 냄비, 숟가락, 포크 등을 사야 했다. 파키스탄이었다면 어머니는 이런 일을 하며 아주 행복해했을 것이다. 밍고라에서 어머니는 좋은 주방용품을 사면 아주 기뻐하곤 했지만, 이곳에서는 물건을 사도 어머니 것처럼 느껴지지 않는다고 말했다.

우리는 달에 착륙한 것만 같았다. 모든 것이 모습도, 냄새도,

느낌도 달랐다. 집에 들어오려면 엘리베이터를 타야 했다. 나는 딱 한 번 아버지와 엘리베이터를 타 보았고, 그래서 최소한 경험은 있었다. 하지만 어머니에게 이것은 우주선을 타는 것과도 같은 일이었다. 어머니는 엘리베이터를 탈 때면 두 눈을 감고 작은 소리로 기도를 했다. 그러고 나서 안전하게 집에 도착한 후엔 혼잣말을 하곤 했다.

"이렇게 높은 건물에서 살다니! 불이라도 나면 어쩌지? 지진이 나면? 그럼 우리 어디로 가지?"

파키스탄에서는 그냥 집 밖으로 달려 나가면 되었다. 어머니는 땅과 가까이 살고 싶어 했다.

파키스탄에서 국내난민이 되었던 시절이 떠올랐다. 물론 버밍엄에서 우리는 안락하게 지냈다. 다들 잘 보살펴 주었다. 그러나 우리가 여기 온 것은 우리가 선택한 일이 아니었다. 우리는 고향이 그리웠다.

처음에 나는 우리가 버밍엄에 잠시 머무는 것이라 생각했다. 분명 곧 집으로 돌아가 3월 시험도 칠 수 있을 것이라 믿었다. 내 생명에 대한 위협이 여전히 계속되고 있다는 사실을 모르고 있었다. 내가 겁을 먹을까 봐 부모님이 알려 주지 않았던 것이다.

3월이 되었고, 나는 시험을 치지 못했다. 하지만 나는 돌아갈 것이다, 머지않아. 학교 친구들과 다시 함께 지낼 것이다. 병원에 있을 때와 같은 생각이었다. 이 모든 것이 임시일 뿐이야.

그러던 4월, 나는 버밍엄의 여학교에 입학했다. 어쩌면 버밍엄이 이제는 내 삶의 터전일지도 모른다는 인식이 들기 시작했다.

익숙해져야 할 것이 너무 많았다. 우선 긴 모직 치마 아래에 깔끄러운 남색 스타킹을 신는 일이었다. 샬와르 카미즈의 편안함과 편리함이 얼마나 그리웠는지! 학교도 엄청나게 컸다. 3층 석조 건물에 계단도 빨강, 파랑, 초록, 세 가지였으며, 각 계단을 통해 연결된 다른 건물들로 갈 수 있었다. 미로 같았다. 길을 제대로 찾아다닐 수 있기까지 몇 주나 걸렸다.

적어도 수업 중에는 내가 얼마나 어색해하는지 티가 나지 않았다. 하지만 쉬는 시간, 자습 시간, 점심시간에는 어색하지 않은 척하기가 불가능했다. 특히 점심시간이 가장 외로웠다. 나는 다른 아이들에게 무슨 이야기를 해야 할지 알 수 없었다. 아이들은 삼삼오오 모여 앉아 온갖 표정을 지으며 깔깔거렸다. 그럴 때면 나는 아무 책이나 펼쳐 놓고 읽는 척하며 모니바와 말카 에 누르, 사피나 등 밍고라의 내 친구들을 그리워했다. 먹어도 채워지지 않는 허기처럼 내 안 저 깊은 곳을 찌르는 그리움이었다.

버밍엄의 아이들은 내 친구들과 너무 달라 보였다. 태도도 그랬고, 말하는 방식도 그랬다. 그들의 말은 너무 빨라서 모든 단어들이 한꺼번에 쏟아져 나오는 것 같았다. 아이들에게 가서 내 소개를 하며 말을 걸어야 할지 어쩔지 알 수 없었다. 아이들이 나를 불러 줄 때까지 기다려야 할까? 아이들이 농담을 하면 웃어야 하나? 내가 먼저 농담을 해야 하나? 아이들은 나라면 말하지 않을 단어들을 쓰곤 했다. 나도 그래야 하나? 나도 욕도 하고 그래야 하나? 아이들이 웃으면 같이 웃고?

이런 생각을 하며 골머리를 앓느라 지쳐 어서 학교가 끝나는 종이 울리기만 기다렸다. 적어도 집에서는 가족들과 파슈토어로 이야기를 나누고 동생들과 장난도 칠 수 있었으니까. 나는 집에서 스카이프로 모니바와 얘기했고 어머니와 인도 드라마를 보았다. 이런 것이 유일한 위안이었다.

나는 그때까지도 내가 파키스탄에 돌아가는 일이 매우 어렵다는 걸 완전히 받아들이지는 못하고 있었다. 탈레반이 공개적으로 나를 또 위협했다는 사실을 알게 되었지만 나는 여전히 돌아갈 수 있다고 믿었다. 그래서 버밍엄에 조금씩 적응해 가면서도 이곳 생활이 임시방편이라는 생각을 놓지 않았다. 우리가 망명 생활을 시작했음을 인정하지 않았던 것이다. 돌아가리라는 희망과 돌아가기 어려운 현실에의 인식이 공존하던 시기였다.

큰 도움이 되었던 것은 세계 곳곳에서 사람들이 보내오는 수천 통의 편지였다. 특히 어린 소녀들과 여성들이 내가 그들의 권리를 위해 싸워 준 것에 고마움을 전할 때 위안을 얻었다. 내가 여성 교육을 위한 싸움을 계속할지 말지 고심하던 결정적 순간에 그들이 내게 손을 내밀어 주었다. 그때 나는 탈레반이 목적을 이루지 못하고 실패했음을 깨달았다. 탈레반은 나를 침묵시키려 했지만, 오히려 내 목소리를 파키스탄 너머로 증폭시켜 버렸다. 내가 열정적으로 하고자 하는 일을 세계 곳곳의 사람들이 기꺼이 지원하게 되었다. 이러한 격려에 힘입어 나는 내 일을 계속하고 있다.

사람들이 "앞으로 계획이 뭐지?"라고 물으면 나는 계속해서 여성 교육권을 위해 싸우는 거라고 답한다. 나는 파키스탄에서 이 운동을 시작했지만, 이제 나의 새로운 고향인 이곳에서 일을 이어 나간다.

나는 난민이 되는 경험을 안다. 머무는 것이 너무 위험해져 내 집, 내 나라를 떠나야만 하는 일이 어떤 것인지 이해한다. 집을 잃고 떠나온 사람들을 떠올리면 다시 일어서는 회복력과 용기를 함께 떠올리게 된다.

나는 2014년 요르단의 자타리 난민 캠프를 방문했던 일과 그 국경에서 만난 모든 시리아인들을 생각한다. 그들은 끔찍한 여정을 끝마쳤지만 불확실한 새 삶을 마주해야 했다. 나는 무준, 마리아, 마리 클레어를 생각한다. 나일라와 자이나브를 생각한다. 이들은 고국을 떠나 난민촌에 사는 이야기를 내가 더 깊이 파고들 수 있도록, 그들의 이야기를 이해하고 세상에 나눌 수 있도록 영감을 준 수많은 훌륭한 여성들 중 극히 일부이다.

난민은 망명을 허락해 준 국가에게 그저 감사하고 안전해진 것에 안도해야 마땅하다고 생각하는 사람들이 많다. 하지만 익숙한 모든 것을 뒤로하고 떠나온 사람들의 감정은 그렇게 간단하지 않다. 난민들은 단순히 탈출에 성공한 사람들이 아니라 고국과 사랑하는 집을 떠나온 사람들이기도 하다. 바로 이 부분이 난민과 국내난민에 관한 대화에서 빠져 있는 것 같다. 난민들이 지금 어디에 있는지에만 집중하다 보니 그 결과로 그들이 잃은 것이 무엇인지에는 무심하다.

나는 영국에서 나와 내 가족이 받은 따뜻한 환대에 진심으로 감사하고 있다. 그러나 단 하루도 고향을 그리워하지 않은 날이 없다. 내 친구들이, 우유와 설탕을 섞어 스토브 위에 올려 끓인 파키스탄 차의 맛이 그립다. 어머니는 내가 좋아하는 요리를 하지만 파키스탄에서 먹던 것과는 맛이 다르다. 파키스탄에서 더 맛있었다는 말 외에는 달리 설명할 방법이 없다. 프라이팬에 양념을 곁들여 튀긴 가느다란 파키스탄 생선도 그립다. 영국에서 다들 좋아하는 튀긴 생선과 감자와는 전혀 다르다. 다들 그 생선과 감자를 좋아하지만 나는 아니다! 나는 거리에서 들리는 피슈토어가 그립고, 할머니와 할아버지가 살던 산간 마을에 비가 쏟아지면 나던 흙냄새가 그립다. 내 인생의 첫 15년 동안 내가 고향이라 불렀던 스와트 계곡의 푸르름이 그립다.

하지만 밍고라 거리에서 탈레반을 볼 때마다 숨죽이곤 했던 일은 전혀 그립지 않다. 우리 도시가 더 이상 안전한 곳이 아니던 시절 밤마다 대문이 잠겼는지 확인하고 또 확인하던 일도 그립지 않다. 탈레반에 저항하는 친구들과 회합을 하러 나간 아버지가 집에 도착하기를 기다리던 일도 그립지 않다. 아버지가 무사히 돌아오길 기도하며 잠 못 이루고 침대에 누워 있던 그 어두운 밤의 기억들은 떠올리는 것만으로도 가슴이 아프다.

도시가 포위당했을 때 들리던 소음도 그립지 않다. 우리 집 위에서 윙윙거리던 군용 헬리콥터 소리, 점점 커지고 점점 가까워오던 폭탄 터지는 소리, 그리고 마침내 이어진 정부의 강제 피난 명령이 그립지 않다.

그러나 나는 고향이 그립다.

내가 만나는 여성들이 들려주는 이야기에서 이렇게 복잡하게 뒤섞인 감정을 읽는다.

나는 내가 국제난민활동가라고 생각해 본 적이 없다. 그저 난민 캠프에 가서 그들 옆에 앉고는 이야기를 들려 달라고 부탁했다. 그렇게 시작한 일이다. 그들 모두가 그리운 소리와 냄새와 맛의 목록을 가지고 있었다. 자신의 여정에서 결코 잊을 수 없는 부분들이 있었고, 간직하고 싶은 얼굴과 목소리들이 있었다.

나는 지금까지 내가 만난 소녀들에게 경의를 표하기 위해서 내 이야기를 해 왔다. 이제는 그들의 이야기를 나눌 때다. 진실을 말하자면 나는 내 이야기를 되풀이하고 싶지는 않다. 다만 사람들이 내 이야기에 관심을 갖고 있음을 알기에, 또한 내 이야기를 통해 사람들이 내게 비추어 준 빛을 다른 이들에게 반사시킬 수 있음을 알기에, 내 이야기를 나누는 것이다. 나는 선택의 여지 없이 집을 떠날 수밖에 없었던 사람들의 일부이다. 우리 가슴속에 자리한 이 모든 이야기들이 함께 전 세계로 퍼져 나갈 것이다.

2부

우리는 난민이다

자이나브와 사브린

ZAYNAB·SABREEN

우리가 헤어져야 했던 이유를
나는 아직도 알지 못한다

Courtesy of Zaynab Abdi

사브린(왼쪽)과 자이나브(오른쪽)의 어린 시절 사진.

Malin Fezehai/Courtesy of Malala Fund

뉴욕의 자유의여신상을 방문한 자이나브.

나의 삶에 관한 영화 〈그는 나를 말랄라라고 불렀다〉의 홍보를 위한 투어 중, 미국 미니애폴리스에서 자이나브를 만났다. 나는 영화 상영이 끝난 후에 관객들과 이야기 나누는 시간을 갖곤 했다. 그날도 많은 여성들이 이야기를 했는데 한 사람이 유난히 눈에 띄었다. 그가 바로 자이나브였다. 나는 그의 굳은 의지를 느낄 수 있었다. 알고 보니 자이나브는 전쟁을 피해 고향을 떠난 후 2년 동안 학교를 다니지 못했음에도 고등학교를 수석 졸업했다. 그러나 자이나브의 여동생 사브린은 그러지 못했다. 사브린이 자이나브만큼 똑똑하지 못해서도, 의지가 없어서도 아니었다. 자이나브는 비자를 받아 미국에 정착했지만, 사브린에게는 그런 행운이 없었기 때문이다.

-말랄라

자이나브

나는 아직도 이유를 알지 못한다. 왜 나는 비자를 받아 미국으로 오고 동생은 그러지 못했는지. 내가 미니애폴리스로 왔을 때 나는 열여덟 살이었다. 동생 사브린은 열여섯 살이었고, 같이 오지 못했다.

카이로의 공항에서 사브린에게 작별 인사를 할 때 참으로 가슴이 아팠다. 그 전에 예멘을 떠날 땐 둘이 함께였나. 예멘에서 사는 일이 너무나 위험해졌기 때문에 우리는 이집트로 가야 했다. 그곳에서 먼 친척과 함께 살며 2년 동안 비자를 기다렸다. 그리고 나는 미국행 비행기를 탔다. 동생을 남겨 두고, 나 혼자서. 2014년 12월이었다.

그 후로 나는 동생을 만나지 못했다. 사브린에 대한 그리움, 예멘과 전쟁 전의 삶에 대한 그리움이 너무나 커서 나는 늘 슬픔 속에 가라앉아 지내는 기분이다. 이 그리움 때문에 미국에서 살아가는 경험이 달콤하기보다는 씁쓸하다.

하지만 내가 운 좋은 사람이라는 건 알고 있다. 미국에 도착했을 때 나는 최소한 머물 수 있는 집이 있었다. 나는 이곳에 와서 14년 동안 못 보고 지냈던 어머니를 다시 만나 함께 살게 되었기 때문이다.

미니애폴리스에서 처음으로 학교에 간 날은 금요일이었다. 미국에 도착한 지 일주일째였고 나는 영어도 할 줄 몰랐다. 그날 아침은 너무 추워 나는 눈만 내놓고 온 얼굴을 스카프로 칭칭 감았지만 여전히 꽁꽁 얼어붙을 것만 같았다. 평생 그런 추위는 처음이었다. 어머니가 새로 사 준 겨울 재킷 속으로 바람이 날카롭게 파고들었다. 버스에서 학교까지 짧은 거리를 걷는 동안 내 피가 얼어 버릴지 모른다고 생각했다. 학교 건물 안으로 들어가며 안도하던 일이 기억난다. 따뜻한 환대로 느껴졌다.

게다가 무슬림 학생들도 많이 보여 더 기뻤다! 내가 생각하던 미국은 백인들이 사는 나라였는데, 아름다운 초록색 히잡을 두른 여자아이가 보였다. 짙은 빨간색 히잡을 쓴 아이, 파란 히잡을 쓴 아이도 보였다. 복도에 선명한 무지개가 뜬 것만 같았다.

시간표를 받기 위해 학교 사무실에 다녀오면서 나는 한편으로는 흥분을 감추기 어려웠고 한편으로는 압도당하는 느낌이었다. 학교는 엄청나게 컸고 건물도 여러 개였다. 교실이 어디인지 알 수 없었다. 이 층인가? 아래층인가? 이 건물인가, 아니면 저

건물인가?

나를 도와줄 수 있을 것 같은 사람이 눈에 띄어 간절한 마음으로 내 시간표를 보여 주었다. 그는 하비브라고 자신의 이름을 말했다. 나는 웃음을 터뜨렸다. 아랍어로 '사랑받는 사람'이란 뜻이었기 때문이다. 이것이 좋은 징조처럼 느껴졌다.

하비브가 첫 수업 교실로 안내해 주었고, 교실에서 선생님이 나를 소개했다.

"이 친구는 자이나브. 이집트에서 막 도착했어요."

나는 무슨 말을 해야 할지 몰랐다. 그때 한 여자아이가 아랍어로 말했다.

"그럼 너 아랍어 할 줄 알겠구나?"

그러자 아침 식사 이후 계속 단단히 조여 오던 내 마음이 갑자기 풀어졌다.

그 아이의 이름은 아스마였다. 우리 어머니의 나라인 소말리아에서 태어났고 이집트에서 자랐다. 그 아이는 그날 하루 종일 내 곁을 지켜 주었다. 아스마는 내 안내자였고 통역이었으며, 그 후 나의 가장 친한 친구가 되었다.

곧 압두왈리라는 남자아이도 만났다. 그 아이도 나처럼 예멘 출신이었지만 전쟁 전에 예멘을 떠났고, 그래서 폭격과 죽음은 거의 겪지 않았다. 그는 미국에 사는 것이 좋으며 예멘으로 돌아갈 계획이 없다고 말했다. 내게는 그것이 충격이었다. 나는 이 낯설고 새로운 곳에서 압두왈리처럼 편안하게 지내는 내 모습이 도저히 상상되지 않았다. 분명한 것은 내가 늘 예멘을 그리워할 거라는 사실이었다.

나는 예멘에서 태어났다. 어머니는 소말리아인이고 아버지는 예멘인이다. 아버지는 사브린이 태어났을 무렵 우리를 버리고 떠났다. 나는 겨우 두 살이었다. 아버지가 왜 떠났는지, 어디로 떠났는지 전혀 몰랐고, 내가 아는 것이라고는 아버지가 재혼했다는 것뿐이었다. 예멘에서 남자는 아내를 넷까지 둘 수 있다. 그는 우리를 떠나 새 아내와 함께 살았다.

나는 어머니와 함께한 기억이 많지 않다. 어머니는 내가 네 살 무렵 미국으로 떠났다. 추첨 프로그램을 통해 비자를 받았는데, 우리를 데리고 갈 수 없었다. 나는 어머니가 그립거나 원망스럽지는 않았다. 할머니가 우리를 자식처럼 키워 주었기 때문이다. 우리는 예멘의 대도시 중 하나인 아덴에서 살았다. 대가족이어서 사촌도 많았고, 삼촌도 고모도 많았다. 할머니가 나와 내 동생에게 준 넘치는 사랑 덕분에 나는 어머니도 아버지도 그리워하지 않았다.

할머니는 우리에게 선조의 이야기를 들려주었다. 우리의 아랍 핏줄과 전통을 아주 자랑스러워하는 분이었다. 반짝이는 눈빛으로 아랍어 시집에서 시를 골라 읽어 주기도 했다. 할머니는 내게 순수한 기쁨이었고, 나의 심장 같은 존재였다. 그랬기 때문에 2010년 9월 할머니가 쓰러졌을 때 큰 충격을 받았다. 나는 겨우 열네 살이었지만 할머니 상태가 안 좋다는 것은 알 수 있었다. 동생과 나는 아픈 할머니를 씻기고, 입히고, 식사도 떠서 먹여야 했다. 할머니는 일주일을 누워 지내면서도 병원에 가기를 거부했다. 계속 괜찮다고 말했다. 우리는 그 말을 믿고 싶었다.

몇 주 후, 저녁 늦게 집에 돌아온 나는 사람들이 모두 검은 옷을 입고 우리 집 거실에 모여 있는 것에 깜짝 놀랐다. 몇몇은 울고 있었다. 커피 향기가 났고 달콤한 대추 향도 났다. 누군가 세상을 떠났을 때 조문객을 위해 차리는 음식들이었다.

"무슨 일이에요?"

내가 물었다. 나를 보는 고모의 얼굴이 눈물로 젖어 있었다. 고모는 그저 고개를 저을 뿐이었다. 누군가 말했다.

"저 아이는 모르나 봐요."

"뭘 말이에요?"

나는 소리를 지르며 물었다. 뭔가 끔찍한 일이 일어났음을 깨달았다. 무슨 일인지 알고 싶지 않았다. 그때 누군가 말했다.

"오늘 아침 네 할머니가 돌아가셨다."

방에서 모든 공기가 다 빠져나가는 기분이었다.

할머니는 우리에게 전부였다. 항상 가장 중요한 사람이었다. 상상 속 내 결혼식 장면에도 할머니의 얼굴이 보였고, 아이들을 키

울 때 도와줄 사람도 당연히 할머니였다. 할머니가 나와 동생에게 준 그런 사랑을 우리 아이들에게 주는 법을, 할머니가 아니면 또 누가 가르쳐 줄 수 있겠는가? 어떤 미래를 꿈꾸든 할머니는 항상 미소를 지으며 내 곁에 있었다. 그런데 어떻게 할머니가 세상을 떠나고 없을 수 있단 말인가?

할머니는 또한 우리를 친척들과 이어 주는 연결 고리였다. 할머니가 없으면 나와 동생은 그들에게서 떨어져 나가게 될 것이었다. 안 그래도 예멘의 상황이 점점 불안정해지고 있어서 우리는 무너지고 흩어지기 시작한 상태였다. 사촌들 몇몇은 부모와 함께 예멘의 다른 도시로 갔고, 어떤 사촌들은 유럽으로 이주했다. 동생과 나는 고모와 함께 남았다. 고모의 두 딸은 우리보다 나이가 많았는데 한 사람은 유럽으로, 다른 한 사람은 시리아로 떠난 뒤였다.

우리가 고모와 함께 아덴에 살고 있던 2011년 초 공식적으로 혁명이 시작되었다. 몇 주 앞서 튀니지에서 봉기가 일어나 정권 교체를 이루어 냈는데 그것에 영향을 받은 것이다. 튀니지의 성공에 고무된 다른 아랍 국가의 활동가들이 일어나면서 '아랍의 봄'이라 불리는 민주화 운동이 급격히 퍼져 나갔다. 시리아, 예멘, 이집트, 그리고 리비아까지. 예멘에서는 30년 동안 권력을 쥐고 있던 대통령의 퇴진을 요구하는 시위가 일어났다. 처음에는 평화적인 시위였지만, 경찰이 사람들에게 특정 지역으로 들어오면 발포하겠다고 말했고, 그것이 분노를 촉발했다. 죄 없는 사람들이 죽어 나갔다. 학교에서 집으로 돌아오던 아이들까지 죽었다는 소문이 돌았다. 삼촌이 직장에서 집으로 오던 길에 총격을 당하자, 우리는 그 누구도 안전할 수 없다는 것을 깨달았다.

2012년 초 나는 학교에서 선생님들의 대화를 듣게 되었다. 조금 전 우리 학교에 폭탄 위협 전화가 걸려 왔다는 것이다. 나는 이제 끝이구나, 우리 모두 죽는구나 생각했다. 경찰이 왔고 다행히 폭탄을 해체했다. 그래서 내가 지금 나의 이야기를 들려줄 수 있는 것이다.

누가 전화를 했는지, 어떤 조직이 폭탄을 설치했는지는 아무도 몰랐다. 정부, 혁명군, 그리고 나라를 차지하려는 테러리스트 조직 등 교전 중인 파벌이 너무나 많았기 때문이다. 모든 게 뒤죽박죽이었다. 그 사건은 기자들이 '무차별 폭격'이라고 부르던 것의 시작이었다. 하늘에서 닥치는 대로 폭탄이 떨어지고 있었다. 어느 누구도 언제 어디서 다음 폭탄이 터질지 몰랐다.

12월 어느 날 아침, 나는 폭발 소리에 잠에서 깼다. 침대뿐 아니라 건물이 통째로 흔들렸다. 창문으로 달려가니 저 멀리 흙먼지와 연기가 구름처럼 피어오르는 것이 보였다. 돌 조각 떨어지는 소리와 사람들의 절망 어린 비명 소리가 들렸다. 집에 있던 다른 식구들도 모두 잠에서 깼다.

"우리가 당했을 수도 있었어."

고모가 말했다.

그리고 얼마 지나지 않아 또 한 번 커다란 폭발 소리가 들려왔다. 침대 시트가 뜨뜻한 액체로 젖어 드는 것이 느껴져 옆에 누운 동생을 보았다. 동생은 휘둥그레진 눈을 크게 뜨고 있었다. 나는 동생이 겁에 질린 나머지 오줌을 쌌다는 것을 알아차렸다. 너무 무서워 동생에게 화를 낼 수도 없었다. 급히 창문으로 달려갔더니 이웃집 위층이 사라져 있었다. 산산이 부서져 잔해만 남은 것이 보였다. 그때 괴로움에 가득 찬 울부짖음이, 아주 가까이서 들려왔다. 누군가 다쳤거나, 혹은 더 나쁜 경우일 수도 있었다.

그 후로 고모 안에서 뭔가가 무너져 내린 것 같았다. 할머니의 죽음에 여전히 힘들어하던 고모는 이 '무차별 폭격'의 스트레스까지 더해지자 더욱 불안정한 상태가 되었다. 고모는 혼잣말을 하기 시작했고, 발작적으로 울음을 터뜨리고는 멈추지 못할 때가 잦아졌다. 고모가 우리의 보호자였지만 이젠 우리가 고모를 돌보아야 했다. 고모는 주위 현실로부터 마음의 문을 걸어 잠근 것 같았다.

나는 어머니에게 연락해 보기로 마음먹었다.

어머니에게 연락하지 않은 지 오래되었지만 어머니가 우리를 도와줄 거라고 생각했다. 마침내 연락이 되어 도움을 청하자 어머니는 할머니의 사촌뻘 되는 친척이 사는 이집트에 가 있으라고 했다. 많은 예멘 사람들이 이집트, 이탈리아, 그리스로 떠나고 있었다. 어디를 가든 예멘에 있는 것보다는 나았다. 내가 그때껏 알던 유일한 곳이자 나의 고향은 너무 위험한 지역이 되어 있었다.

어머니는 카이로로 갈 티켓을 살 돈을 보내 주겠다고 말했다. 솔직히 나는 가고 싶지 않았다. 낯선 장소에서의 알 수 없는 미래가 두려웠다. 예멘은 끔찍한 곳이 되어 가고 있었지만 적어도 익숙한 곳이었다. 나의 고향, 할머니와 함께 살았던 곳이었다. 예멘을 떠난다는 것은 할머니와 영원히 이별하는 것처럼 느껴졌다.

이집트로 가지고 갈 짐을 꾸리면서 나는 할머니의 손길이 마지막으로 닿았던 것들, 할머니의 체취가 남은 옷 등을 챙겼다. 내가 학교 낭독 대회에서 읽어서 상을 탔던 아랍어 시집들과 내 옷가지, 서류, 사진도 가방에 넣었다. 그리고 마지막으로 할머니가 숨을 거둔 침대에 있던 퀼트를 차곡차곡 접었다. 할머니의 마지막 숨결이 스민 것이다. 내게 포옹이 필요할 때면 그 퀼트를 몸에 두를 수 있을 거란 생각에 그것도 가방에 넣었다.

나와 동생과 고모, 셋이서 비행기를 타고 카이로로 갔다. 첫 비행기 여행이었다. 무서웠지만 다른 선택의 여지가 없었다. 우리는 먼 친척이 사는 카이로의 알프 마스칸 지역 바티라는 곳에 도착했다. 나는 그곳이 싫었다. 마치 죽은 동물들이 썩고 있는 것처럼 거리는 더럽고 냄새가 났다. 그래도 오래 있지는 않을 테니까 견뎌 보자고 생각했다. 어머니는 미국 대사관과 연락하고 있었고, 나와 동생은 함께 비자 신청을 하러 갔다. 이집트는 잠시 머물 곳이었다.

넉 달 후 대사관에서 건강검진을 받으라고 불렀다. 여러 가지 검사를 했고 혈액도 채취했다. 그런데 내가 TB(결핵)에 걸렸다는 말을 들었다.

"TB가 뭐예요?"

나는 정말 몰라서 되물었다. 두 달째 계속 기침을 하고 있었고 밤이면 고열에 시달리다 식은땀을 흘리며 깨는 날도 있었다. 제대로 먹지 못해서 체중이 많이 빠졌지만 병원에 갔을 때는 별일 아니라는 소리만 들었다. 아무도 결핵을 언급하지 않았다.

내가 지내던 집에는 컴퓨터가 있었고, 그래서 나는 검색을 통해 사람들이 결핵으로 죽기도 한다는 것을 알게 되었다. 그렇게 많은 일을 겪고도 살아남은 내가 병으로 죽는 건 참 잔인한 운명이라는 생각이 들었다. 나는 내가 살고 있던 친척 집 아저씨에게 대사관에서 들은 말을 전하며 조언을 구했다. 그러자 그는 조언 대신 소리쳤다.

"당장 나가!"

"왜요? 내가 무슨 잘못을 했는데요?"

내가 놀라서 물었다.

"너 때문에 우리 식구들이 다 아프게 될 거다!"

그는 아예 고함을 지르고 있었다. 그는 쿵쾅쿵쾅 집 안을 돌아다니며 내 물건들을 모아 나를 향해 집어 던졌다.

"짐 싸서 당장 나가!"

나는 완전히 충격에 빠져 그 집을 나왔다. 무슨 일이 있었는지 고모에게도 사브린에게도 말하지 않은 채로. 나는 대사관에서 추가 검사가 필요하다 했다고, 그래서 근처 병원에 머물 거라고만 말했다. 내가 쫓겨난 것을 알게 되면 나와 같이 나오려 할 텐데 두 사람을 위험에 처하게 하고 싶지 않았다. 그들에게 전염이 될까 봐 걱정되기도 했다.

그런데 머물 곳을 찾기가 힘들었다. 이집트에서 열일곱 살짜리 여자아이가 혼자 셋집을 구하는 건 불가능했다. 사람들은 물었다. 왜 혼자지? 밤마다 누굴 집에 끌어들이려는 거야? 착한 여자야, 나쁜 여자야?

마침내 나는 카이로의 알도키 지역에 방 한 칸을 구했다. 대사관에서 가까워서 편했다. 6개월 동안 매일 주사를 맞고 약을 먹으러 대사관에 가야 하는 상황이었다. 대사관에서는 치료가 완료된 것을 확인한 후에 비자를 주겠다고 했다. 결핵은 호전되고 있었지만 그 많은 약을 먹느라 토할 것만 같았다. 그래도 이젠 최소한 전염 가능성은 없었기에 고모와 사브린을 만나러 갔다. 두 사람은 그즈음 다른 친척 집에서 살고 있었다. 나는 그들에게 내가 정말로 얼마나 아팠는지 말하지 않았다.

12월 중순이 되면서 치료가 끝나자 대사관에서 나의 미국 입국이 드디어 승인되었다고 말했다. 곧 다가올 12월 27일이 내 생일이었기 때문에 이는 지금껏 받아 본 최고의 선물이 되었다.

"우리는 언제 떠나나요?"

내가 물었다.

"우리라니?"

직원이 되물었다.

"제 여동생이랑 저요!"

직원은 당혹스러운 표정을 짓더니 말했다.

"승인받은 건 네 것뿐인데."

익숙한 두려움이 내 몸을 휩싸기 시작했다.

나는 동생 이름의 철자를 불렀다. 사-브-린. 그리고 기록을 다시 확인해 달라고 부탁했다. 나는 그들이 동생의 서류를 찾을 거라 믿었다. 승인이 났을 것이다. 우리는 괜찮을 것이다.

직원은 컴퓨터를 확인하더니 말했다.

"동생은 등록된 게 아무것도 없어."

가슴이 무너져 내렸다. 그때 직원이 말했다.

"잠깐, 여기 있네."

나는 안도했다. 뭔가 오해가 있었던 것이다.

"그런데 동생 비자는 거절됐구나."

그 말은 “TB에 걸렸다”라는 말보다 더 나빴다. “할머니가 돌아가셨다”만큼은 고통스럽지 않았지만, 그래도 거의 그만큼이었다.

“왜요?”

그것이 내가 간신히 힘을 내어 할 수 있었던 말이었다. 직원은 어깨를 으쓱하더니 말했다.

“내가 아는 건 네 비자가 승인되었다는 것뿐이란다.”

그날 대사관을 나서는 내 머릿속은 온갖 질문으로 복잡했다. 뭐가 잘못된 것일까? 우리가 서류를 넣을 때 뭔가 실수를 했나? 사브린에게 어떤 병이 있는 걸까? 혹시 내가 결핵을 옮겼나? 왜 나는 되고 사브린은 안 되지? 하나씩 되짚어 보며 나는 생각했다. 해결할 수 있어. 사브린도 승인받게 될 거야. 이건 그냥 또 하나의 장애물일 뿐이야.

나는 어머니에게 먼저 전화를 걸어 이 충격적인 소식을 전했다. 내가 비자를 받았다고 기뻐할 수조차 없었다. 사브린이 비자를 받지 못했다는 사실이 그 기쁨을 상쇄했다. 어머니는 별일 아닐 거라고 나를 안심시켰다.

“잘될 거야.”

어머니가 말했다.

사브린에게 결과를 이야기하는 일도 가슴 아팠다. 사브린도 나만큼이나 미국에 가고 싶어 했다. 사브린은 어렸을 때 미국의 텔레비전 프로그램 〈해나 몬태나〉를 너무나 좋아했고, 예멘이 혼란스러워지기 전에도 종종 말하곤 했다.

"언젠가 나도 미국에 갈 거야. 해나가 사는 곳이잖아!"

사브린은 놀라울 정도로 침착했다. 눈물도 분노도 보이지 않았다. 대신 이렇게 말했다.

"난 괜찮을 거야. 사촌들이랑 지내며 다시 비자를 신청하지 뭐. 나도 최대한 빨리 뒤따라갈게."

나는 사브린을 꼭 끌어안았고, 사브린의 몸이 떨리는 것을 느낄 수 있었다. 사브린 역시 나처럼 울지 않으려 기를 쓰고 있었다. 울기 시작한다면, 우리 둘 다 눈물에 빠져 죽을지도 몰랐다.

2014년 12월, 이웃 사람이 나와 동생을 차로 공항에 데려다주었다. 나는 가방을 큰 것 두 개, 작은 것 두 개, 총 네 개를 꾸렸다. 그런데 체크인에서 두 개만 가지고 갈 수 있다고 했다. 그 가방들에 내 인생 전부가 담겨 있었지만 무게 한도를 초과했다. 직원은 나머지 가방도 가져가려면 200달러를 더 지불해야 한다고 했다. 나는 20달러밖에 없었고, 카이로에서 미니애폴리스에 도착할 때까지 48시간 동안 음식을 사 먹기에 충분한 돈인지 아닌지도 알 수 없었다.

비행기가 곧 떠날 예정이어서 어서 결정을 내려야 했다. 나는 내 책들과 어릴 때부터 쓴 일기가 담긴 가장 무거운 가방을 남기기로 했다. 그 가방에는 할머니의 퀼트와 나와 사브린이 어린 시절 찍은 유일한 가족사진도 들어 있었다. 나는 가방을 사브린에게 주며 잘 보관해 달라고 신신당부했다.

그리고 이제 시간이 되었다. 동생과 작별 인사를 해야 했다. 이번에도 사브린은 울지 않았지만 저 깊은 곳의 떨림이 전해졌고, 나 역시 그렇게 떨고 있었다. 우리는 서로를 안고 속삭였다.

"이건 잠시 동안의 이별이야. 곧 만날 거야. 길어야 한두 달일 거야."

내가 안고 있던 팔을 풀며 말했다.

"맞아."

사브린이 말했다. 내 눈에 차오르는 눈물이 느껴졌다. 나는 울지 않으려고 눈을 계속 깜박였다.

"기다리고 있을게."

비행기를 타는 일은 자유를 찾은 느낌이어야 했나. 희망에 가득 찬, 마침내 꿈을 이룬 느낌. 그러나 내 마음은 납덩이처럼 무겁기만 했다. 나는 자리에 앉아 안전벨트를 매고 이마를 창문에 기댔다. 우는 모습을 누구에게도 보이기 싫었다.

미국에 온 후로 나는 사브린과 영상통화로 연락하며 지냈고, 동생이 올 날을 말 그대로 손꼽으며 기다렸다. 내가 이곳의 학교와 친구들, 음식, 이 도시가 어떤지 들려주면 사브린은 미소를 지었다. 우리는 사브린이 도착하면 함께 갈 곳들에 대해 이야기를 나누었다. 특히 미국의 쇼핑몰 같은 곳! 나는 그런 곳은 처음 가 보았다. 그렇게 많은 가게에 그렇게 다양한 종류의 사람들이 모이는 곳이라니.

그런데 시간이 갈수록 사브린의 열의가 줄어들었다. 미국 대사관에서는 어떤 소식도 없었다. 걱정되는 상황이었다.

석 달 후, 사브린은 기다리는 일에 지쳤다고 선언했다. 돈을 내면 난민들을 배에 태워 이탈리아로 데려다준다는 이야기를 들었다고 했다. 사브린은 그 배를 타고 싶다고 말했다. 일단 유럽으로 가면 미국 가는 비자를 받기 더 쉬울 거라고.

나도 그런 배에 대해 들은 적이 있었다. 그렇게 지중해를 건너다 사람들이 죽곤 한다는 이야기였다. 하지만 사브린은 내 말을 듣지 않았다. 사브린이 말했다.

"확실해, 이건 안전할 거야. 커다란 배래. 침실과 욕실도 있대!"

사브린은 일인당 2,200달러가 든다고 말했고, 그래서 나는 생각했다.

'와! 그럼 진짜 안전한가 보네!'

정말 큰돈이었기 때문이다.

어머니는 돈을 모으기 시작했다. 간호조무사였던 어머니는 경비를 마련하려고 밤 근무를 했고, 다음 달 돈을 보냈다. 그리고 우리는 소식을 기다렸다.

사브린

나는 자이나브가 탄 비행기에서 눈을 떼지 못했다. 비행기가 실제로 구름 저편으로 사라지는 것을 보아야 떠났다는 것을 믿을 수 있을 것 같았다. 언니는 이제 가 버렸다. 내게 남은 것은 언니의 무거운 특대 가방뿐이다. 나는 쏟아지는 눈물을 참으며 그 가방을 끌고 공항을 나와 차에 다시 탔다. 언니는 새로운 삶을 향해 날아가고 있고, 나는 예전의 삶으로 다시 돌아가고 있다. 그러나 예전과는 다른 삶이다. 모든 것이 텅 빈 것처럼 느껴졌다. 이 도시도, 집도, 내 마음도.

첫 주는 정말 힘들었다. 사람들은 나를 다르게 대했다. 자이나브와 함께 있을 때면 든든했다. 언니가 늘 내 뒤를 받쳐 주었으니까. 그런데 이젠 나 혼자였다.

그러다 얼마 후 사촌 파히마를 통해 몇몇 예멘 소녀들과 친구가 되었다. 우리 모두 이집트를 떠나는 것이 소망이었다. 그중 한 아이가 사람들을 유럽으로 데리고 가는 배에 대해 듣고 왔다. 우리는 그 배에 대해 알아보기로 했다.

그러다 2,200달러가 필요하다는 것을 알게 되었다. 해안 도시인 알렉산드리아까지 가는 티켓이 100달러였고, 그곳에 도착해서 배를 안전하게 탈 때까지 지내는 비용이 100달러였다. 나머지 2,000달러는 이탈리아로 가는 배에 타는 비용이었다.

자이나브에게 이 배를 타고 싶다고 이야기하자 자이나브는 순간 조용해졌다.

"위험하지 않아?"

자이나브가 물었다. 나는 그 반응이 너무 실망스러웠고 화도 조금 났다. 언니에겐 그렇게 말하는 게 아주 쉬울 것이다. 이집트에서 비자가 나오길 기다리는 편이 더 낫다고. 하지만 비자는 영원히 안 나올 수도 있다. 그리고 나는 이제 기다리는 일에 지쳤다. 비자 신청을 한 지 2년이 지났다. 나는 어머니를 설득해 줄 것을 언니에게 부탁했다. 언니는 그렇게 하겠다고 했다.

마침내 돈이 도착했을 때 나는 안도했다.

버스를 타고 카이로에서 알렉산드리아까지 가는 길은 멀었다. 나는 사촌 파히마와 친구 둘과 함께 앉았다. 우리는 모두 자매이며 서로 떨어지지 않겠다고 얘기하기로 말을 맞추었다. 나는 버스를 타고 가는 내내 들뜬 기분을 억눌러야 했다. 몇 달에 걸쳐 계획을 세우고, 계획을 실행할 돈을 기다린 끝에 드디어 떠날 수 있게 된 여정이었다. 나는 친구들과 우리가 승선할 예정인 여객

선에 대해 이야기했다. 우리는 그 배에서 하루 세 번 식사를 하고 바다 풍경을 바라보며 이탈리아로 갈 것이라 상상했다. 우리에게서 돈을 받은 사람이 그렇게 약속했었다.

우리는 알렉산드리아에 도착했고, 숙소 비용으로 100달러를 지불했다. 호텔방을 기대하고 있었기 때문에, 콘크리트 바닥에 가구는 고사하고 이불도 없는 빈 창고에 도착했을 때 경악하지 않을 수 없었다. 이건 실수일 거야, 우리는 함께 모여 앉아 그렇게 의견을 모았다. 남은 여정은 더 나을 거야.

그곳에서 추위에 떨며 잠도 제대로 못 잔 채 밤을 보낸 우리는 또 다른 버스로 안내받았다. 창문을 전부 가려 놓은 그 버스 안에선 낮인데도 마치 밤인 것만 같았다. 창밖을 볼 수 없었지만 길이 울퉁불퉁하고 꼬불꼬불한 것이 느껴져 어딘가 시골 오지를 달리고 있다는 것은 알 수 있었다. 나는 멀미가 났는데, 버스에 사람이 너무 많아 공기가 부족한 것이 가장 큰 이유였다. 그러다가 배를 타고 바다를 건너가는 것이 얼마나 위험한지 사람들이 이야기하는 것을 들었다.

"붙잡히면 감옥에 들어간대."

누군가 말했다. 그 순간 나는 정말 겁이 났다. 이 일이 위험하다는 건 알고 있었지만 감옥은 상상도 하지 못했었다. 왜? 더 나은 생활을 원했다는 이유만으로? 언니와 다시 만나고 싶어 한다는 이유로? 너무 잔인해서 말도 안 되는 이야기 같았지만, 그 새

까만 어둠 속에서 사람들 이야기에 귀를 기울이며 내가 실수를 한 건 아닐까 걱정이 되기 시작했다. 만일 붙잡혀서 감옥에 가게 되면 다시는 언니를 만날 수 없을 것이다.

우리는 아침 여섯 시부터 저녁 여섯 시까지 버스로 이동해야 했다. 그동안 버스는 한 번도 서지 않았다. 누군가 운전기사에게 버스를 세워 달라고 해도 기사는 그 말을 무시했다. 시간이 흐르자 사람들은 절박해졌다. 화장실을 가야 했다! 목이 말라 물을 마셔야 했다. 어느 지점에선가 사람들이 소리치기 시작했다.

"버스 세워!"

효과가 있었다. 운전기사가 브레이크를 밟았고, 버스가 요동치며 멈춰 섰다. 다행이었다. 화장실도 가고 싶었고 신선한 공기도 마시고 싶었다. 그런데 운전기사는 문을 여는 대신 운전석에서 일어나 통로를 달려 오더니 주먹으로 사람들을 때리며 고함을 질렀다.

"닥쳐! 그렇게 떠들면 내가 체포된다고!"

나는 겁에 질려 화장실 가고 싶던 것도 잊어버렸다. 그가 다시 쿵쾅대며 운전석으로 돌아가서는 소리쳤다.

"이건 관광 여행이 아니라고! 너희들은 난민이야. 닥치고 조용히 하고 있어!"

나는 얼굴을 타고 흘러내리려는 눈물을 참으려 눈을 감았다. 이 여행을 상상하며 꿈꾸었던 모든 것이 산산이 부서져 내렸다.

이 사람은 우리를 인간으로 보고 있지 않았다.

다들 비슷한 생각을 하는 것이 분명했다. 남은 여정 내내 버스 안은 아무 말 없이 조용했다.

한 시간 정도 더 지났을 때 나는 지독하게 목이 말랐다. 입을 적시고 싶었지만 물이 남아 있지 않았다. 나와 함께 앉아 있던 친구가 운전기사 근처에 앉은 다른 친구에게 물병을 가지러 갔을 때 버스가 멈췄다.

운전기사가 문을 열더니 내 친구를 잡아 말 그대로 버스 밖으로 집어 던지며 외쳤다.

"뛰어!"

그리고 우리 모두를 향해 소리치기 시작했다.

"가라고! 뛰어!"

벌떡 일어나 버스 문까지 달려갔다. 나는 코트를 들고 있었는데 운전기사가 내 코트를 잡아 문밖으로 던지며 계속 소리쳤다.

"뛰어, 어서 가! 뛰어!"

심장이 너무나 빨리 뛰어 발이 그 박자를 따라갈 수 없을 지경이었다. 나는 코트를 집어 든 후 최대한 빨리 달리기 시작했다. 무작정 내 앞에서 달리는 사람들을 뒤따라 뛰었다. 그러다 어느 순간 영원히 끝이 보이지 않을 듯 넓디넓은 푸르름이 보였다. 우리는 지중해에 와 있었다. 드디어 도착한 것이다.

해안을 향해 달려가며 내가 상상했던 침대와 화장실을 갖춘

크고 화려한 배가 어디 있는지 둘러보았다. 그런데 보이는 것이라고는 해안가에 줄지어 선 작은 어선 세 척뿐이었다. 나는 혼란스러웠다. 그때쯤엔 너무 빨리 달린 나머지 폐가 타들어 가는 것만 같았다. 나는 쌕쌕거리기 시작했다. 숨을 쉬기가 어려웠다. 뒤돌아 생각해 보면 그때 내가 느낀 감정은 극심한 공포였다.

배는 어디 있지? 설마 내 앞에 있는 이 어선들을 타는 건 아니겠지. 배는 너무나 작았고, 파도는 너무나 거대했다.

나는 고모 집으로 돌아가고 싶었다. 저런 어선을 타고 지중해를 건너가고 싶지 않았다. 그건 미친 짓이었다. 이런 생각에 이르렀을 때 몸이 마비되는 것을 느꼈다. 정말 발이 움직이지 않았다.

그 순간 한 남자가 내게 다가와 물었다.

"왜 울고 있니?"

내가 말했다.

"못 가겠어요. 무서워요."

그가 말했다.

"돌아갈 수 없단다."

나는 여전히 움직일 수가 없었다. 다른 사람들은 이미 올라타 배를 빼곡하게 채우고 있었다. 그 남자가 나를 들어 올려 그중 한 배에 올려놓았다. 나는 갑자기 멍한 상태에서 깨어나 소리쳤다.

"우리 언니들요! 언니들 없이는 갈 수 없어요!"

그는 사람들 무리 속에서 친구들을 찾아 주었다. 훨씬 기분이

나아졌다. 적어도 우리는 함께였다.

바로 그때 우리가 탔던 버스 기사가 칼을 휘두르며 나타났다.

"이집트 돈이나 보석이 있는 사람은 전부 내놓으시오."

사람들은 모두 당황했다. 그가 돈을 걷기 시작했고, 반지를 끼고 있는 여자를 보더니 말했다.

"그 반지도 줘요."

나와 친구들은 겁에 질려 알라신에게 도움을 청하며 코란을 암송했다. 그러자 돈을 요구하던 버스 기사가 소리쳤다.

"나도 내 식구를 먹여 살려야 해서 이러는 거야. 돈은 전부 버스 회사로 들어가고 나는 아주 조금밖에 못 받는다고. 그래서 이러는 거야. 먹고살려면 이 방법밖에 없다고."

누군가 칼은 왜 들었냐고 지적하자 그가 말했다.

"사람들 해치려고 칼을 갖고 있는 게 아니야. 경찰이 올 때를 대비해서지. 경찰에 잡히느니 자살하는 게 낫다고."

그때 나는 정말로 돌아갈 수 없다는 것을 깨달았다. 친구들과 나는 이미 시리아, 이라크, 소말리아, 이집트에서 온 다른 난민들과 배에 탄 상태였다.

더 많은 버스들이 오고 더 많은 난민들이 도착했다. 조그만 사내아이를 안은 한 여자가 우리 배 쪽으로 오고 있었다. 그 여자는 물에 젖어 미끄러운 바위를 딛다가 균형을 잃었고, 아이가 그만 차가운 물속으로 떨어지고 말았다. 아이는 울지 않았지만, 배에 올라왔을 때 몹시 몸을 떨고 있었다. 나는 여벌 재킷을 꾸렸었다. 가방을 뒤져 그 재킷을 꺼내 아이에게 주었다.

우리는 거친 바다로 떠났고, 파도는 배를 계속 때리며 뱃전을 넘어오기도 했다. 나는 친구들과 옹송그리고 모여 앉아 침실과 욕실과 하루 세 번의 식사를 할 수 있는 커다란 여객선을 꿈꾸었다. 우리가 더 큰 배로 갈아탈 거라고 선장이 말했던 것이다. 나를 배에 태웠던 남자가 우리 배의 선장이었다. 그러나 그런 일은 일어나지 않았다. 바다 한가운데로 나갔을 때 우리를 맞은 것은 또 다른 작은 배였다. 선장은 우리에게 그 배에 옮겨 타라고 말했다.

"약속했던 침대가 있는 배는 도대체 어디 있는 거예요?"

"곧 탈 거야. 큰 배에 가게 되면 다들 개인 방도 있고 공용 화장실도 있을 거야. 음식도 있을 거고."

그러나 6일째 되는 날 마침내 세 번째 배에 타게 되었을 때, 그 말이 모두 거짓이라는 것을 알게 되었다. 어선보다는 분명 더 컸지만 100명 정원의 배였고, 우리는 400명이었다. 발 디딜 틈도 없었다.

그 배가 왔을 때 나는 생각했다. 나는 살아남지 못할 것이다. 너무 지쳐 눈물도 나오지 않았다.

그즈음에는 가지고 온 음식도 다 먹은 뒤였고 몸을 누일 자리도 없어 앉은 채로 자야 했다. 꾸벅꾸벅 졸다가 아침이 되면 하늘을 보며 생각하곤 했다. 아, 지금 천국에 온 건가? 내가 아직 살아는 있는 건가?

그 배에는 콩과 참치, 빵이 있긴 했다. 하지만 콩은 날것이었고, 빵에는 곰팡이가 슬어 있었으며 그마저 금방 바닥나 버렸다. 화장실도 없었고 상자 하나에 볼일을 보아야 했다. 상자는 빨리 차올랐고 배가 흔들릴 때마다 우리가 앉아 있던 바닥으로 넘쳐흘렀다.

선장이 해안에 가까워지고 있다고 말했다. 그런데 육지에서 세 시간 떨어진 거리에서 배의 연료가 바닥났다. 누군가 수영을 하자고 제안했지만 구명조끼도 없었고, 나는 아예 수영을 할 줄 몰랐다. 내 평생 가장 무서운 순간이었다.

그저 기적이 일어나기만을 바라며 몇 시간을 흘려보냈을 때, 멀리 배 한 척이 보였다. 사람들은 소리를 지르고 울었다.

커다란 배, 내가 간절히 소망했던 그런 배였다.

이탈리아 해경은 우리 배와 같은 배들을 찾고 있었다. 수많은 난민들이 떠나오고 있었기 때문이다. 선원들이 우리를 태우며 들려준 이야기였다. 내 평생 가장 감사한 순간이었다.

우리는 이미 하루 넘게 음식도 물도 없이 지낸 뒤였다. 그 배가 적십자에 연락을 취했고, 적십자는 다른 배를 보내 우리를 구조했다. 그사이 그 이탈리아 사람들은 우리에게 물과 음식, 그리고 담요를 주었다. 화장실이 너무나 깨끗해 눈물이 터져 나왔다. 눈물은 이탈리아로 가는 내내 멈추지 않았다. 선원들은 안전한 곳으로 가고 있으니 걱정 말라고 우리를 안심시켜 주었다.

두 시간 후 나는 9일 만에 처음으로 육지를 보았다. 나는 또 울기 시작했다. 다시는 육지를 보지 못할 것이라 생각했다. 그런데 저 멀리 육지가 기다리고 있었다.

다시, 자이나브

한 달이 넘도록 동생으로부터 전혀 소식이 없었다. 어머니는 안절부절못했다.

"사브린에게 무슨 일이 생겼으면 어쩌지?"

"괜찮을 거예요!"

그렇게 대답했지만 나 역시 걱정이 되었다. 그리스나 이탈리아로 가려다 익사한 난민에 관한 이야기가 너무 많았다. 차마 그 생각까진 할 수 없었다…….

마침내 어느 날 밤, 페이스북에 들어갔다가 사브린이 남긴 메시지를 보았다.

'나 이탈리아에 왔어. 안전해.'

나는 어머니에게 외쳤다.

"사브린이 살아 있어요! 이탈리아에 갔대요!"

다음 날 사브린은 인터넷 하기가 힘들다고, 가능한 한 빨리 다시 연락하겠다고 글을 남겼다.

몇 개월이 지났고, 나는 온종일 페이스북을 확인하며 사브린의 메시지를 기다리게 되었다. 소식이 없는 날은 걱정이 되어 애가 탔다. 추방당한 난민 소녀들에 관한 끔찍한 이야기를 인터넷에서 너무 많이 보았다. 추방당하면 사브린이 어디로 갈 수 있겠는가? 다시 예멘으로?

나는 또 강제성매매 이야기도 읽었는데, 이것이 가장 걱정되는 부분이었다. 유럽에 갔지만 곧장 사창가로 팔려 간 시리아 난민 이야기도 있었다. 내가 이 이야기를 하자 어머니는 얼굴이 하얗게 질렸다. 어머니는 이탈리아 미국 대사관에 거의 매일 전화를 하며 사브린을 데려오기 위해 할 수 있는 모든 것을 다 하고 있었다. 그렇지만 소용이 없었다. 우리가 무력하다는 것을 뼈저리게 느꼈다.

게다가 상황이 매우 나빴다. 2016년 미국 대통령 선거로 인해 미국 내 무슬림에 대한 지독한 반감이 드러나고 있었다. 한번은 나 혼자 쇼핑몰에 갔다가 이런 경험을 했다. 에스컬레이터를 타고 올라가는 중이었는데, 에스컬레이터 위쪽에 백인이 보였다. 나는 늘 그렇듯 히잡을 쓰고 있었다. 남자는 나를 노려보더니 고함을 치기 시작했다.

"지하드! 지하드!"

나는 그가 폭탄을 가지고 있을지도 모른다는 생각에 겁에 질려 돌아서서 에스컬레이터를 거꾸로 뛰어 내려갔다. 그는 내가 무슬림이라는 이유만으로 혐오의 감정을 드러낸 것이다. 나는 오히려 그가 내게 무슨 짓을 할지 몰라 두려움에 떨고 있었는데.

가슴이 마구 뛰어 숨을 곳을 찾아다녔다. 마침내 화장실을 발견하고 빈 칸에 들어가 문을 잠갔다. 닫힌 문 뒤에서 나는 무너지듯 바닥에 주저앉아 울음을 터뜨렸다.

지금까지도 나는 혼자 쇼핑을 가지 않는다.

미네소타에서도 이렇게 무서운데 사브린은 얼마나 무서웠을까?

몇 달 후에야 메시지가 왔다. 사브린은 네덜란드의 난민 캠프로 옮겨졌다고 했다. 그곳에는 와이파이가 있다고 했다. 사브린의 소식을 들을 수 있어 정말 기뻤다! 동생은 정말 잘 지내고 있었다. 사브린의 친구들도 모두 네덜란드에 함께 있으며 그 아이들도 괜찮다고 했다. 사브린은 친구들을 하나씩 소개해 주었다. 사브린은 이집트에 있을 때보단 훨씬 행복하게 지내는 것 같았다. 희망적으로 보였다.

나는 그 당시에는 사브린의 여정이 얼마나 끔찍했는지 알지 못했다. 우리는 자세한 이야기는 나누지 않았다. 대신 미래를 바라보며 다시 만날 수 있는 방법을 모색했다. 페이스북을 통해 계속 연락했고, 서로에게 사진을 보냈다. 그러던 어느 날 사브린이 네덜란드 캠프에서 예멘 남자를 만났다고 말했다.

"좋은 사람이야. 나 그 사람 좋아해."

사브린이 말했다. 잘됐네! 동생이 행복하다면 나도 행복한 거니까.

그런데 몇 달 후 동생이 전화를 걸어와 "나 그 사람과 결혼하고 싶어."라고 말했을 때는 가슴이 철렁했다.

"넌 아직 열여덟 살도 되지 않았어! 학교도 다 마치지 않았고."

"그 사람이 날 학교에 다니게 해 줄 거야. 걱정하지 마."

사브린은 공부를 계속하겠다고 약속했다. 그러고 나서 말했다.

"나는 그냥 함께 있을 사람이 필요해."

그 말에 마음이 아파 왔다.

사브린은 나와 엄마와 함께 있어야 한다. 학교에 다녀야 한다. 배워야 한다. 낯선 외국에 가족도 없이 혼자 있으면 안 되는 거다. 하지만…… 내게 그 아이의 결정을 판단할 자격이 있는가? 우리는 서로 다른 길 위에 서 있었다.

그해 9월, 나는 12학년이 되었다.

나는 대단히 빠른 속도로 수업을 따라갔고, 학교에서는 10학년과 11학년을 건너뛰게 해 주었다. 앞서 그해 5월, 9학년이 끝날 무렵, 학교의 학생회에 대해 알게 되었다. 나는 학생회라는 개념이 참 마음에 들었다. 내게는 완전히 새로운 아이디어였다. 학생회 회원들은 한 교실에 모여 우리가 당면한 문제들에 대해 토론했다.

한 아이가 말했다.

"학생 식당에서 더 많은 종류의 음식을 제공해야 한다고 생각합니다. 여러 다른 문화권에서 온 학생들이 많이 있으니, 그런 면에 좀 더 세심한 배려를 해야 합니다."

다른 아이가 말했다.

"백인이 아닌 교사가 더 많이 있는 것이 중요하다고 생각해요. 선생님들에게서 우리 자신의 모습을 볼 수 있을 테니까요."

이런 이야기를 들으며 대담해진 나는 원하는 바를 말하기로 마음먹었다. 왜 학교에 학생들을 위한 스포츠 활동이 없는지 궁금하던 차였다. 야구도, 축구도, 어떤 스포츠도 없었다.

나는 스포츠를 좋아했고, 혁명 전 예멘에서 축구를 하고 싶어 남자아이처럼 옷을 입곤 했었다. 남자들만 축구를 할 수 있었기 때문이다. 바지에 크고 헐렁한 티셔츠를 입고 모자를 써서 머리카락을 감춘 채로 축구를 하면서 순수한 행복을 느끼곤 했다. 그래서 미국에 왔을 때 학교에 축구부가 없는 것을 알고 속이 상했다. 5월에 그 이야기를 했고, 9월이 되어 12학년을 위한 새 건물로 가 보니 그곳엔 체육관이 있었다. 나는 정말 기뻤다. 상담 선생님이 말했다.

"그래, 지난번에 네가 축구 얘기를 했었지. 그럼 네가 여자 축구팀을 한번 만들어 보렴!"

나는 최선을 다해 많은 여학생들을 모았다. 많은 아이들이 축구를 한 번도 안 해 봤다고 했다. 아프리카에서 온 여학생들 일부는 아예 공을 차 본 적도 없다고 했다.

나는 말했다.

"괜찮아! 내가 가르쳐 줄게."

나는 아이들을 훈련시키기 시작했다. 하지만 당장 유니폼이 문제였다. 나를 비롯해 무슬림 아이들은 몸을 가려야 했다. 그래서 짧은 반바지 유니폼 아래에 긴 바지를 겹쳐 입었다. 머리카락도 다 가린 우리는 어쩌다 보니 미네소타 전체에서 유일한 난민 팀이 되었다.

첫 경기에서 심판이 말했다.

"주장이 누구지?"

우리 팀엔 주장이 없었지만 선수들이 말했다.

"자이나브, 주장은 너지!"

그래서 나는 주장이 되었다. 우리는 하는 경기마다 모두 졌다. 그것도 0:12 같은 점수로. 그냥 대패를 한 것이다.

하지만 우리는 개의치 않았다. 축구를 할 수 있다는 사실만으로도 참 행복했다. 그리고 조금씩 실력이 늘어 가는 것도 기분 좋았다. 마지막 경기에서는 0:5로 졌다. 우리는 정말 열심히 했고, 그런 우리 자신이 자랑스러웠다.

나는 골키퍼였다. 원래 하기로 했던 애가 안 한다고 했기 때문이다. 다들 골키퍼가 되는 것을 두려워했다. 공에 얼굴을 맞거나 심하게 다칠까 봐 염려했다. 그 경기에서 나는 40개 정도의 공을 잡아 냈다.

노숙자 월드컵 팀의 코치 한 사람이 내가 경기하는 것을 보고 말했다.

"우리 팀에 들어오지 않겠니?"

그래서 나는 그 팀에 들어갔고, 최선을 다해 뛴 덕분에 상을 받았다. 유럽 토너먼트에 함께 가자는 제안도 받았다. 그즈음 사브린은 벨기에에 있었다. 내가 유럽에 간다면 사브린을 볼 기회도 얻을 수 있을 것이다.

비자를 받고 여행 서류도 모두 준비했을 때, 트럼프 대통령이 무슬림의 입국 금지를 선언했다. 나는 아직 영주권을 받지 못한 상태였기에 한번 나가면 되돌아올 수 없었다.

나는 이렇게 말할 수밖에 없었다.

"저는 못 가네요."

어느 여름 나는 〈그는 나를 말랄라라고 불렀다〉라는 영화 상영회에 초대를 받았다. 학교의 난민 친구들과 함께 영화를 보러 갔다. 영화 상영이 끝난 후 점심을 먹으러 갔는데 말랄라가 들어오는 것을 보고 깜짝 놀랐다. 스타를 만나는 것만 같은 기분이었다!

말랄라는 자리에 앉더니 우리에게 질문을 하기 시작했고, 나는 그 순간 깨달았다. 말랄라도 우리와 같은 사람이란 걸. 우리의 이야기는 다를지라도 나는 깊은 유대감을 느꼈다.

말랄라는 이렇게 물었다.

"무엇을 변화시키고 싶어요?"

그즈음에 나는 많은 꿈을 이룬 상태였다. 고향의 위험에서 살아남았고, 미국으로 왔다. 고등학교를 졸업했고, 대학 진학을 계획하고 있었다. 나는 내 동생도 미국에서 같은 꿈을, 이상적으로는 나와 함께, 이루길 바랐다. 하지만 이내 깨달았다. 나는 이미 아주 많은 것을 변화시켰다. 그건 사브린도 마찬가지였다. 단지 나와는 다른 방법이었을 뿐이다.

사브린은 결국 난민 캠프에서 만난 남자와 결혼했다. 그 후 그들은 벨기에로 갔다. 사브린의 남편은 가게에서 일하고, 사브린은 네덜란드어를 공부 중이다. 사브린은 행복하다고 말했다. 나는 그 말을 믿으려 한다. 그들은 곧 첫 아이를 낳을 예정이다.

사브린은 아직도 필요한 서류를 받지 못했다. 그건 사브린의 아이도 난민으로 태어난다는 뜻이다. 사브린과 그 가족의 미래는 어떻게 될까? 나의 미래는? 우리 나라, 우리 나라 사람들의 미래는?

나는 예멘에 있는 친척들 모두가 더 나은 삶을 살기 바란다. 할머니가 다시 내 곁에 돌아오길 바란다. 나는 이 꿈들이 불가능하다는 것을 안다. 하지만 다른 꿈들은 나 자신에 대한 믿음을 가지고 노력하면 실현할 수 있을 것이다. 나는 학교를 마치면 아름다운 나의 고향으로 돌아가고 싶고, 그곳에서 정의를 구현하고 싶다. 고향을 재건하고 싶다. 나는 모든 이야기가 행복한 결말의 씨앗을 품고 있다고 믿으며, 내 이야기가 행복한 결말로 끝날 수 있도록 최선을 다할 것이다.

나는 큰 꿈을 꾼다. 내 동생도, 그리고 이 힘든 시간을 보낸 사람이면 누구든 꿈을 꾸길 바란다.

무준

MUZOON

불안을 이겨 내는 방법은
앞으로 전진하는 길뿐이었다

Courtesy of Malala Fund

말랄라(왼쪽)가 노벨평화상을 수상할 때 여러 친구들을 초대했다.
무준(오른쪽)도 그중 한 사람이었다.

자타리 난민 캠프에 갔을 때 유니세프 안내인으로부터 한 소녀 이야기를 들었다. 소녀의 이름은 무준이었고, 그 캠프에서 난민 교육에 열정을 쏟고 있다고 했다. 나는 무준에게 묻고 싶은 것이 많아졌다.

무준을 만나러 그의 텐트로 갔다. 무준은 부모와 두 남동생, 여동생, 그리고 다른 친척 두 사람과 함께 지내고 있었다. 복잡하고 좁았지만 모두 나와 내 아버지를 반겨 주었다. 그들이 처한 상황에 관심을 가지는 사람이 있다는 데 안도한 것 같았다.

무준은 영어를 아주 조금밖에 할 줄 몰랐지만 그건 문제되지 않았다. 반짝이는 그의 눈과 얼굴에 가득 찬 희망이 언어 장벽을 무너뜨려 주었다. 서로의 마음이 분명히 통했다. 그날 이후 나는 종종 무준을 생각했다.

잠시 연락이 끊겼던 우리가 다시 만났을 때, 무준의 가족은 아즈라크 인근 난민 캠프로 옮겨 가 있었다. 그곳에서 무준과 이야기를 나눌 때는 다른 소녀들도 함께였는데 그들은 나에게 이런 말을 했다.

"말랄라, 당신도 좋은 일을 하고 있지만 내 인생을 바꾼 사람은 무준이에요."

"나는 부모님이 시키는 대로 결혼할 뻔했는데 무준이 공부를 하라고 설득했어요. 그리고 내 꿈을 실현할 수 있도록 도와주었고요."

사람들은 무준을 '시리아의 말랄라'로 부르고 있었지만, 나는 그가 시리아의 무준임을 알고 있었다.

-말랄라

나를 만나고 싶어 하는 사람이 있다고, 유니세프 사람이 말했다. 교육받을 권리를 위해 싸우는 이라고 했다. 그 싸움에서 많은 고통을 겪었지만 마침내 승리하고 있다고.

나를 만나고 싶어 하는 그 사람이 말랄라라는 것을 알고 나는 정말 기뻤다.

시리아에 살던 시절 말랄라 이야기를 들은 적이 있었다. 나는 그가 자신의 경험을 바탕으로 전 세계 소녀들의 삶을 바꾸기 위해 일하고 있다는 것을 알고 있었다.

그에게 남동생이 둘 있고 아버지가 교사라는 것도 알았다. 우리는 공통점이 많았고, 비슷한 열망을 갖고 있었다. 나도 학교를 사랑했고, 내 미래에 대해 꿈꾸는 일을 사랑했다.

그러나 2011년 전쟁이 시작되자 모든 것이 바뀌었다. 안전도, 평화도 사라졌다. 상황은 점점 더 악화되어 매일같이 폭탄이 떨어지고 거리에서 총격이 난무했다. 학교는 문을 닫을 수밖에 없었다. 우리는 2년 동안 포위당한 채 살았고, 아버지는 결국 사랑하는 조국을 등지고 떠나는 힘든 결정을 내려야 했다.

아버지는 내게 말했다.

"차라리 난민 캠프 생활이 이것보단 나을 것이다."

열세 살이었던 나는 난민 캠프에 대해 전혀 알지 못했지만 내 나라를 떠나고 싶지 않았다. 나의 유일한 집이자 고향이었다. 그러나 떠나지 않으면 내 인생이 끝날 수도 있다는 것쯤은 알고 있었다.

목숨을 지키기 위해 떠나는 다른 많은 사람들과 함께 우리도 차를 타고 국경까지 갔고, 그곳부터는 밤을 이용해 걸었다. 무엇이 우리를 기다리고 있을지 불확실한 상황에서 우리는 요르단으로 건너갔다.

마침내 자타리 난민 캠프에 도착했을 때 보호소가 있다는 것이 한없이 고마웠다. 사방 3미터 크기의 텐트가 나와 부모, 형제, 친척들을 위한 임시 집이 되었다. 그 작은 공간에서 여덟 명이 함께 살았지만, 적어도 우리는 모두 가족이었다. 난민 캠프에서는 낯선 사람들과 한 텐트에서 지내야 하는 경우도 있었다.

취침용 매트 몇 개 외에는 가구도, 전기도 없었다. 한참을 걸어가야 물이 있었다. 그 물을 마셨고, 그 물로 음식을 하고 씻었다. 하지만 그런 정도의 어려움은 견딜 만했다. 진짜 문제는 학교였다. 나는 원래대로라면 그해 9학년이어야 했다. 공부를 계속하지 않는다면 진학 기회를 잃을지도 몰랐다. 나의 미래를 펼칠 기회를 잃을 수도 있었다.

난민 캠프에 학교가 있다는 사실을 알고 얼마나 안심했는지. 수업을 받을 수 있고 다른 학생들을 만날 수 있다는 것이 기뻤다. 학교가 있다는 것은 매일 갈 곳이 있다는 뜻이었고, 모든 것이 불확실하게 느껴지는 이런 곳에서도 세계를 여행하겠다는 나의 꿈으로 나아가는 데 집중할 수 있다는 뜻이었다. 그런데 학교에 간 첫날, 교실에 학생이 너무 적어 놀라고 말았다. 이해할 수 없었다.

하루는 캠프 안의 커뮤니티센터에 갔다. 작은 규모였지만 게임을 하거나 책을 빌릴 수 있는 곳이었다. 거기에 내 또래 여자아이들이 몇몇 있었다. 나는 그들에게 다가가 물었다.

"너희들은 왜 학교에 안 와?"

아이들이 웃음을 터뜨렸다. 그중 한 아이가 말했다.

"가서 뭐 해?"

여자는 결혼만 잘하면 그만이라고, 그 아이들의 부모님이 말했다고 했다.

그 말은 틀렸다. 어린 나이에 결혼한 여자들이 가난과 궁핍의 악순환에서 벗어나지 못하는 경우가 정말 많았다.

나는 뭔가 해야 한다고 생각했다. 텐트마다 찾아다니며 사람들을 설득하기 시작했다.

그러나 또 하나의 큰 장애물이 있었다. 대다수의 아이들은 이 난민 캠프에 오래 머물지 않을 거라 생각했다. 이곳에서의 생활은 임시적인 것이고, 따라서 공부는 시리아에 돌아가서 계속하면 된다고 믿었다. 나도 이해는 할 수 있었다. 이 생활에 아무리 적응이 되었다 할지라도 정착했다는 안정감은 절대 느낄 수 없었다. 아침에 눈을 뜰 때마다 불안이 밀려왔다. 그러나 그 불안을 이겨 내는 방법은 앞으로 전진하는 길뿐이다. 나는 아이들이 그저 아무렇지도 않은 척, 가만히 있는 것을 두고 볼 수만은 없었다.

나는 설득하고 또 설득했다.

"우리가 언제 시리아로 돌아갈 수 있을지 아무도 몰라! 우린 이 난민 캠프에서 몇 년을 있을지도 모른다고!"

사실 그 아이들 대부분이 아직도 그곳에 살고 있다. 불확실한 세상에 갇힌 채. 전쟁이 갈수록 악화되어 희망을 잃어버린 사람들이 많다.

거기서 만난 한 아이가 있었다. 그 아이의 가족들이 아버지뻘 되는 40대 남자와 결혼시키려 한다고 했다. 그 아이는 그때 열일곱 살이었다. 나는 그 아이에게 그런 결혼을 어떻게 생각하는지 물었다. 아이는 어깨를 으쓱하며 말했다.

"내게 어떤 다른 미래가 있겠어?"

나는 그 대답에서 열린 틈이 느껴져 이렇게 말했다.

"네 가족이 정말 널 사랑한다면 그 남자와 결혼하도록 두지 않을 거야. 가서 아버지에게 이렇게 말씀드려. '절 정말 보호하고 싶으면 학교에 다니게 해 주세요.'라고."

며칠 후 그 아이가 내게 달려와 말했다.

"나 결혼 안 할 거야! 대신 학교에 갈 거야."

나는 기뻐서 그 아이의 두 손을 꼭 잡았다.

"너와 나, 우리가 시작할 수 있어. 우리가 학교에 가면 다른 아이들도 따라올 거야."

그 아이도 내 손을 마주 잡으며 미소를 지었다. 그 반짝이는 미소에서 나는 희망을 보았다.

나일라

NAJLA

우리는 살아 있어 행운이었다

Tess Thomas/Courtesy of Malala Fund

마리 클레어(왼쪽)와 나일라(오른쪽),
유엔총회에서 연설하기 위해 뉴욕을 방문했을 때.

야지디는 100만 명이 안 되는 소수민족 종교 공동체로 거의 이라크 북부와 터키, 시리아 일부에 모여 살고 있지만, 생존을 위한 그들의 외침은 이제 전 세계로 퍼져 나가고 있다. 나는 뉴스를 통해 야지디 소녀들에 대해 알게 되었고, 몇 명을 이라크의 다후크에서 만났다. 그중 IS에서 풀려난 소녀들은 트라우마로 말을 잃어버렸다. 끔찍한 일을 겪은 이 소녀들이 회복될 수 있을지, 아무도 확신할 수 없다.

머리 끝을 청록색으로 물들인 한 야지디 소녀는 희망에 가득 차 있었다. 이름은 나일라. 그는 항상 길을 찾아내는 사람이었다. 그가 열네 살이 되자 그의 가족은 학교를 그만두고 다른 야지디 소녀들과 마찬가지로 결혼을 하라고 말했다. 그는 거부하고 집을 나가 신자르 산에서 닷새를 지내며 자신의 의지를 분명히 보였다. 화가 난 아버지는 나일라가 집으로 돌아온 후 1년 동안 그에게 말도 하지 않았다. 하지만 결국엔 나일라를 다시 학교에 보내 주었다.

이것이 나일라가 내게 들려준 첫 번째 이야기였고, 그래서 나는 그가 고집이 셀 뿐 아니라 좌절하지 않고 다시 일어서는 사람임을 알게 되었다.

그는 그날 내게 희망에 대해, 희망을 잃었을 때 어떻게 해야 하는지에 대해 물었다. 나일라는 어린 나이에 너무나 많은 것을 견뎌 냈고 앞으로도 견뎌 내야 했다. 나는 그가 그 가운데서도 항상 희망을 찾아 나갈 것임을 알았기에, 나일라를 2017년 유엔총회에 초대했다. 나는 그때 두 소녀를 초대했는데, 다른 한 사람은 나중에 소개할 마리 클레어이다.

나일라는 유엔을 가득 채운 세계 지도자들 앞에서 말했다.

"나는 다른 아이들이 나와 같은 일을 겪게 하고 싶지 않습니다. 그 아이들 모두가 저만큼 힘들게 싸울 수는 없기 때문입니다."

-말랄라

나는 어렸을 때부터 항상 무언가 잘못되었다고 느꼈다. 그땐 테러리스트들이 들어오기 전인데도 그랬다.

나는 신자르에서 대가족의 일원으로 태어났다. 신자르는 이라크 북부의 큰 도시로 다양한 사람들이 모여 산다. 내게는 오빠가 셋, 남동생이 다섯, 언니가 넷이었다. 우리는 야지디라 불리는, 이슬람교도 기독교도 아닌 소수 종교 공동체에 속해 있었다.

내가 여덟 살이 되었을 때, 이웃에서 학교에 다니는 내 또래 아이들을 많이 보게 되었다. 나는 부모님에게 물었다.

"왜 나는 저 아이들처럼 학교에 가지 않아요?"

부모님은 딸을 교육시키는 데에는 전혀 관심이 없었다. 하지만 큰오빠가 나를 옹호하며 아버지를 설득했고, 나와 언니 한 명이 학교에 다닐 수 있게 되었다.

학교에 간 첫해에 나는 눈이 뜨이는 기분이었다. 학교는 내가 세상을 볼 수 있는 문이 되어 주었다.

초등학교를 마치자 아버지는 중학교는 안 된다고 했다.

"그걸로 충분하다."

하지만 나는 충분하지 않았다.

아버지는 내 또래 다른 야지디 아이들처럼 내가 결혼하길 바랐다. 아버지뿐 아니라 야지디 공동체 전체의 생각이었다. 그들은 이런 결정을 함께 내렸다.

나는 열네 살이었고, 똑똑한 아이였다. 학교에 다니고 싶어 집을 나와 버렸다. 내가 생각할 수 있는 방법은 그것이 유일했다. 나는 신자르 산속 수도원에서 닷새를 지냈다. 그곳에 오래 있을 수는 없었다. 집에 돌아왔을 때 아버지는 진노했고 어머니는 인상을 찌푸렸지만, 어머니가 속으로는 나를 자랑스러워한다는 것이 느껴졌다. 언니들도 마찬가지였다. 언니들은 내가 간절히 원하는 것을 위해 싸우고 있다는 사실에 흐뭇해했다.

아버지가 내게 말 한마디 하지 않는 집에서 1년을 산다는 건 쉬운 일이 아니었지만, 나는 생각했다.

'괜찮아. 기다리자.'

마침내 오빠 이스마트의 도움으로 아버지는 마음을 돌렸고 나를 중학교에 보내 주었다.

중학교 1학년을 마쳤다. 2012년, 군인이었던 언니의 남편이 살해되었다. 그 일이 일어난 지 얼마 되지도 않았을 때 이번엔 이웃에 살던 내 친구가 자신의 몸에 불을 질러 죽었다. 그 애에게 남자친구가 있다는 것을 그 애의 오빠가 듣고 아버지에게 알렸던 것이다. 그 애는 잔뜩 겁에 질린 채로, 죽는 길 외에는 방법이 없다고 말했었다.

온몸이 불길에 휩싸인 그 애가 집에서 뛰쳐나오는 것을 목격한 순간 내 안의 무언가 무너져 내렸다. 너무나 슬펐다.

2013년 학교를 계속 다니면서 나는 조금씩 마음을 추슬러 갔다. 중고등학교를 마치고 대학에 가겠다고 마음먹었다.

하지만 2014년 8월, IS가 그 꿈을 박살 냈다.

우리는 IS가 여자들을 납치해서 잔혹한 일을 저지른다는 이야기를 들었다. 나이는 상관없었다. 어린아이들도, 나이 든 여자도 납치했다. 그들은 야지디 사람들을 표적으로 삼았고, 이 마을 저 마을 돌며 눈에 보이는 모든 것을 파괴했다. 여자들을 끌고 가고 남자들은 죽였다. 아이들도 죽였다. 산 채로 땅에 파묻기도 했다. 집단 학살이었다.

그들이 두 시간 떨어진 곳인 모술을 점령했다는 소문이 들려왔다. 그런데도 우리 가족은 그들이 설마 우리 도시까지 오리라고는 생각하지 못했다. 어느 날 밤, TV에서 뉴스를 보고 있는데 갑자기 주위가 온통 깜깜해졌다. 마을 전체가 정전이 되었다. 나쁜 징조였다.

IS가 올까 두려워 많은 사람들이 이미 마을을 떠난 상태였다. 떠난 사람들이 옳았던 것일까. 우리는 뒤늦게 다후크로 가려 했지만 IS가 길을 통제하고 있었다. 떠나기엔 너무 위험했다. 우리는 갇히고 말았다.

그날 밤 우리는 집 옥상에서 잤다. 형제 중 두 사람은 잠을 자지 않고 깨어 있다가, 멀리서 불빛이 보이자 식구들을 다 깨웠다. 군용차와 탱크들이 줄지어 우리 마을을 향해 오고 있었다. 어둠을 찌르는 헤드라이트 불빛이 보였고, 웅웅거리는 엔진 소리가 들려왔다.

우리는 신발도 제대로 신지 못하고 차로 달려갔다. 열여덟 명이 차 한 대에 끼어 타는 동안 폭발음과 총탄 소리와 굉음이 점점 가까워지고 있었다.

우리는 헤드라이트를 켜지 않은 채 신자르 산을 향해 차를 몰았다. 내가 몇 년 전 집을 나왔을 때 머무른 산이었다. 운전대를 잡은 아버지는 어둠 속에서 길을 찾으려 애를 썼고, 나는 뒷자리 언니 무릎 위에 앉아 아버지에게 길을 알려 주었다. 또 다른 언니는 아버지 옆에 앉아 가쁘게 숨을 쉬고 있었다. 그 언니는 너무 무서워 말도 하지 못했다.

우리는 그 산에서 8일을 보냈다. 마을에서 급히 도망친 사람은 우리만이 아니었다. 우리 같은 사람 수천 명이 마을을 떠났다. 어떤 사람들은 연인과 가족의 시신 사이에 죽은 척 누워 있었다고 말하기도 했다. 우리는 고작 함께 살아 있다는 걸 행운으로 여겨야 했다. 그리고 다시는 집으로 돌아가지 못했다.

우리는 다후크로 향했다. 이스마트 오빠가 일하던 호텔이 있는 곳이었다. 우리는 호텔에 머무를 형편이 아니었기 때문에 짓다 만 어느 건물에 자리를 잡았다. 창문도 내벽도 없이 단지 콘크리트 벽에 거친 바닥만 있었지만 우리는 그곳을 임시 거처로 삼았고, 100여 가족과 함께 6, 7개월을 살았다.

훗날 나는 우리 가족이 사상 최악의 야지디 대학살에서 살아남았다는 것을 알게 되었다. 끔찍한 이야기가 계속 들려왔다. 가족을 모두 잃고 혼자 남겨진 사람들이 있었다. IS 대원들은 여자들을, 심지어 다섯 살짜리 어린아이들까지 납치했다고 했다. 그런 이야기를 들으면 들을수록 나는 생각하게 되었다. 내게 찾아온 것은 정말로 행운이 맞았다고. 가족과 함께 있을 수 있고, 다치지 않았고, 살아 있으니까.

그리고 곧 말랄라를 만나는 행운도 찾아왔다. 말랄라에 대해 읽은 적이 있었지만 직접 만나게 되다니 믿을 수가 없었다. 나는 말랄라에게 내가 살아온 이야기며, 나보다 더 어린 아이들에게 읽기와 쓰기를 가르치고 있다는 이야기를 했다. 그 아이들이 희망을 가졌으면 하는 나의 바람에 대해서도 말했다.

말랄라는 내 꿈이 무엇이냐고 물었고, 나는 대학에 가는 것이라고 답했다. 하지만 내가 과연 그럴 수 있을지 자신이 없었기에 이렇게 물었다.

"나는 아주 강한 사람이고 확신도 있어요. 하지만 내가 어느 날 희망을 잃으면 어떡하죠? 어떻게 다시 내 힘을 되찾을 수 있을까요?"

말랄라는 미소를 지으며 말했다.

"희망을 잃게 되면 자신을, 그리고 자신이 이미 성취한 것을 봐요. 나일라, 당신은 이미 강한 힘을 갖고 있어요."

마리아

MARÍA

우리 안에 지닌 것은 아무도 빼앗지 못한다

Alicia Vera/Courtesy of Malala Fund

웃으며 말랄라를 배웅하는 마리아.

2017년 여름, 나는 멕시코를 방문했다. 조직폭력 때문에 집과 고향을 떠나온 소녀들을 만나기 위해서였다. 그 여행에서 나는 새로운 단어를 배웠다. 루카도라. 스페인어로 '여성 전사'라는 뜻이다. 영광을 위해 싸우는 루카도라들도 있었지만, 내가 그날 만난 소녀들은 교육의 기회와 더 나은 삶을 위해 싸우고 있었다.

마리아도 그중 한 사람이었다. 그는 콜롬비아에서 40년 넘게 이어져 온 내전 때문에 집을 떠난 720만 명 중 한 명이었다.

마리아는 감당하기 힘들다고 느낄 때마다 창작에 몰두했다. 열여섯 살 때는 난민이 된다는 것은 무엇인가에 대한 다큐멘터리를 만들었다. 사람들에게 "난민들이 얼마나 힘겹게 앞으로 나아가고 있는지" 알리고 싶었기 때문이라고 내게 말했다.

우리가 헤어지기 전, 마리아는 춤을 춰 주었다. 나는 미소 짓는 마리아에게서 기쁨뿐 아니라 그를 계속 앞으로 나아가게 만드는 결의와 힘을 보았다.

-말랄라

아버지를 가까이서 느껴 볼 수만 있다면 얼마나 좋을까. 눈을 감아도 아버지 모습이 잘 떠오르지 않는다. 아버지에 대한 기억이 연기처럼 뿌옇다.

나는 콜롬비아 해안 근처, 농촌 마을에서 자랐다. 아버지는 농부였다. 우리는 과일이 먹고 싶으면 그냥 마당으로 나가 나무에서 망고를 따면 되었다. 오렌지와 복숭아야자도 있었다. 닭과 돼지를 키웠고, 어머니는 텃밭에 채소를 길렀다. 우리는 들판에서 뛰어 놀았다. 이런 것들이 내가 '집'을 생각할 때 떠오르는 풍경이다.

하지만 나는 그 많은 추억이 뿌리를 제대로 내리기도 전인 네 살 때 집을 떠났다. 내가 알고 있는 이 장면들, 우리가 잃어버린 이 풍경은 사실 언니와 오빠, 그리고 엄마가 묘사한 것이다. 나는 내가 기억한다고 생각하지만 실은 가족들이 들려준 이야기 속 기억일 것이다.

아버지에 대해서도 마찬가지다. 엄마는 내가 아버지를 많이 닮았다고 말한다. 둘 다 얼굴이 둥글고 볼에 살이 있다고 했다.

나는 아버지 얼굴은 잘 기억나지 않지만, 우리가 농장을 떠난 날은 기억한다. 언니는 그때 열여덟 살이었다.

"왜 떠나야 해요?"

언니가 묻자 엄마가 대답했다.

"일자리를 찾으러 가는 거란다."

늦은 오후였고 아버지는 보이지 않았다. 어머니가 서두르고 있었고, 언니가 다시 물었다.

"그런데 아버지는요? 아버지는 어디 계세요?"

"아버지는 여기 남아 계셔야 해. 나중에 뒤따라오실 거다."

그날 밤, 어머니와 우리 다섯 형제는 작은 배를 타고 강을 건넜다. 어머니는 아주 불안해 보였고 그래서 나는 무서웠다. 그때는 우리가 도망가고 있다는 것을 몰랐다.

콜롬비아에서 두 번째로 큰 도시인 칼리에 도착했을 때 어머니는 내게 하얀 곰 인형을 주며 말했다.

"이거 아버지가 주신 거다."

어머니의 얼굴은 돌처럼 굳어 있었다.

어머니가 그때 내게 말하지 않은 것은 아버지가 그 전날 무참하게 살해당했다는 사실, 그리고 다음은 우리가 될지도 모른다는 두려움에 도망쳤다는 사실이었다. 어머니는 이 비밀을 우리에게 아주 오랫동안 감추었다.

우리는 무질서하게 꾸려진 임시 난민 캠프에서 지내게 되었다. 비닐과 버려진 물건들로 만든 텐트가 피난처의 역할을 했다. 콜롬비아 전체를 장악한 폭력 사태 때문에 여기저기 생겨난 비공식 거주지 중 한 곳이었다.

나는 그런 식으로 사는 것이 너무나 싫었다. 매일 하는 가장 단순한 일들도, 예를 들면 양치질이나 빨래 같은 일도 너무나 힘들었다. 사람은 800명인데 수도꼭지가 두 개였다. 물과 음식을 받기 위해 긴 줄을 서서 기다려야 했다.

나는 묻곤 했다.

"엄마, 왜 이러고 서서 기다려야 해요? 망고 나무는 어디 있어요?"

나는 우리가 왜 집으로 돌아갈 수 없는지 이해할 수 없었다. 우리에게 이제 집이 없다는 것도 이해할 수 없었다.

어머니는 이제 사정이 달라졌다고 설명했다. 우리는 음식을 사야 했고, 음식을 사려면 돈이 필요했고, 그래서 어머니가 텐트를 돌아다니며 빨래를 해 주고 돈을 번다고 했다.

겨우 네댓 살이었지만 나는 끊임없이 삶을 압박해 오는 가난과, 가난 곁에 늘 도사리고 있기 마련인 범죄의 위협을 느꼈다. 갱단의 총격은 항상 있는 일이어서 빗나간 총알에 맞을까 걱정하며 살아야 했다. 게다가 상황을 더 악화시키는 요소가 있었다. 우리는 여느 콜롬비아 사람들보다 피부색이 더 검었고, 시골 사투리를 썼다. 우리 가족은 눈에 띄었고, 사람들은 우리에게 혐오를 드러냈다.

나는 어린 나이에 집을 떠난다는 것이 어떤 의미인지 알았지만, 난민이라는 단어 자체는 몰랐다. 일곱 살이 되어 그곳을 떠날 무렵, 그제야 어머니가 우리의 처지를 정확하게 설명해 주었다.

"우리는 난민이란다."

그 단어는 낯설었지만 우리는 이미 난민의 삶을 살아가고 있었다.

어머니는 난민 가족을 지원하는 한 기관에서 그 말을 배웠다. 그들은 우리가 낯선 곳에서 자리 잡을 수 있도록 도와주었다. 새로 살게 된 집은 텐트보다는 나았지만, 너무 낡아서 비만 오면 집 안으로 비가 샜다.

우리는 불평하지 않았다.

어머니는 기관을 통해 난민들이 각자의 사연을 나눌 수 있는 모임에 참가했다. 그리고 나와 우리 형제들을 주말마다 모이는 연극 프로그램에 등록시켰다.

이 프로그램에서 아이들은 자신의 경험을 바탕으로 직접 쓴 연극을 공연했다. 콜롬비아의 곳곳에서 칼리로 온 아이들이었고, 각자 그 여정에 겪었던 이야기를 나누었다. 다 다른 지역 출신이고 성장 배경도 달랐지만, 고향에 머물렀다면 죽을 수밖에 없어 떠나왔다는 공통점이 있었다. 우리들의 작은 이야기 조각

하나하나가 모여 콜롬비아의 국내난민이라는 커다란 이야기가 되었다. 우리는 그 연극에 〈우리 안에 지닌 것은 아무도 빼앗지 못한다〉라는 제목을 붙였다.

비가 새는 그 집 이후로 나는 여덟 번 이사했다. 그러나 어딜 가도 '집처럼' 느낀 적은 단 한 번도 없었다. 나의 집은 오로지 내 머릿속에 간직하고 있는 그곳, 나의 세계가 통째로 바뀌기 전 어린 시절을 지낸 그곳뿐이다. 정부에서는 폭력 사태가 끝났다고 선언했지만, 그곳은 여전히 게릴라 지역으로 간주되고, 여전히 안전하지 못하다. 게다가 우리는 너무나 오랫동안 외지에 나와 있었기 때문에 이곳 칼리에서뿐 아니라 그곳에서도 역시 외부인이 되었을지 모른다.

그래서 내가 꿈꾸는 집은 망고를 딸 수 있는 나무다. 조용함과 풀밭이다. 평화다. 어느 누구도 내게서 이 꿈을 빼앗아 갈 수 없다.

아날리사

ANALISA

제게 신호를 보내 주세요

"아주 오랫동안 비가 오지 않고 있던 터라 나는
이렇게 기도했다. 토요일에 비를 내려 주시면
가도 좋다는 신호로 생각하고 미국으로 갈 테니
저를 보호해 주세요.
비가 없으면 가지 않겠습니다. 위험을 무릅쓸 만한 가치가
없다는 뜻으로 알겠습니다. 그리고 토요일,
몇 주 만에 처음으로 비가 내렸다."

- 아날리사

전 세계적으로 여성과 아이들이 전쟁과 테러리즘을 피해 고향을 떠나고 있다. 어떤 지역에서는 폭력과 억압이 공동체 내에서, 혹은 가족 내에서 일어나기도 한다. 아날리사도 그런 상황 속에 있었으며, 더 나은, 더 안전한 삶을 위해 모든 것을 뒤로하고 떠났다.

그보다 먼저 떠났던 사람들과 마찬가지로 아날리사 역시 과테말라에서의 삶으로부터 탈출한 것은 겨우 시작에 불과했음을 알게 되었다. 피난처까지의 여정은 너무나 위험했고, 시도를 했다고 해서 모두 생존하는 것도 아니었다. 그럼에도 중앙아메리카, 특히 과테말라, 엘살바도르, 온두라스를 떠나는 사람들 숫자가 빠르게 증가하고 있다. 유엔난민기구(UNHCR)에 따르면 2017년 이 지역에서 피난처를 찾아 떠난 사람은 거의 30만 명에 이른다. 많은 사람들이 아날리사처럼 고향을 떠나기로 결정을 내렸으며 앞으로도 그러할 것이다. 일단 결정을 내린 후엔 돌아갈 수 없다.

-말랄라

어두웠다.

우리는 마지막 안전가옥에 가까워지고 있었다. 그때 누군가 이민국에서 그 전날 밤 그곳을 다녀갔다고 말했다. 가슴이 조여 왔다.

"이민국에서 오면 최대한 빨리 달아나 숨으라고."

안내자가 거칠게 말했다. 그는 우리와 만난 이후 계속 소리를 질러 대고 있었다. 서둘러! 조용히 해! 그대로 있어!

목소리를 조금 낮춘 그가 또 으르댔다.

"만일 이민국에 잡히면 너희는 감옥에 가고, 다시 강제 추방될 거야. 잡히지 않더라도 여기서 길을 잃으면 미국엔 절대 못 들어간다고."

나는 과테말라로 돌아가는 길 역시 몰랐다. 무서워지기 시작했다. 이렇게 온 것이 실수였다는 생각이 들었다.

나는 네 살이 될 때까지 어머니와 함께 과테말라의 작은 도시 마사테낭고에서 전기도 없는 방 한 칸짜리 집에 살았다. 어머니는 하루 종일 시장에서 꽃 파는 일을 했고, 그러고 나서도 밤늦게까지 집에 돌아오지 않았다. 대개는 어머니가 집에 있었던 적이 없다. 큰언니가 나를 돌보았고 둘째 언니가 나를 데리고 학교에 다니며, 내가 혼자 있지 않도록 해 주었다. 집에 음식이 있었던 적도 없다. 늘 배고팠던 기억이 난다.

그러다가 어머니가 세상을 떠났다. 어머니와 아버지는 함께 지낸 적이 전혀 없었음에도 아버지가 어머니 장례식에 왔고, 나를 아버지와 아버지 아내가 사는 집으로 데리고 갔다. 언니들이 어려서 나를 제대로 돌보지 못할 거고, 언니들의 아버지가 친자식이 아닌 나를 구박할 거라고 생각한 까닭이다.

내 다섯 번째 생일날, 아버지는 나를 위해 케이크를 만들어 주었다. 생전 처음 먹어 보는 케이크였다.

아버지는 장난스러운 성격이었고 애정도 많이 주었지만 엄격한 면이 있었다. 방과 후에는 곧장 시장에 있는 아버지의 재봉점으로 가서 그곳에서 숙제를 해야 했다. 아버지는 항상 글씨를 잘 써야 한다고 말했다. 숙제를 점검하다가 글자가 똑바르지 않으면 나를 놀리곤 했다.

"숫자가 잠들어 버렸나 보네!"

아버지는 나를 교회에 데리고 다니기 시작했다. 나는 기독교 신자로 세례를 받았다. 아버지는 내게 다른 사람들을 존중하고, 하느님을 경외하며 목적 없이 방황하지 말라고 가르쳤다. 그 말은 내가 나의 잠재력에 부응하는 삶을 살아야 한다는 뜻이었다.

어머니와 달리 아버지는 나를 혼자 집에 내버려 두는 법이 없었다. 아버지에겐 오토바이가 한 대 있었는데, 어디를 가든 나를 데리고 다녔다. 그런데 나는 오토바이를 타면 졸렸다. 아버지는 내가 뒷자리에서 미끄러져 떨어질까 걱정되어 노란 밴드를 사서 아버지와 내 허리를 함께 묶었다.

아버지는 나의 안전망이었다.

내가 열다섯 살이 되었을 때 아버지가 계단에서 굴러떨어지는 사고가 있었다.

당시 의붓오빠인 오스카가 우리 집에 드나들고 있었다. 나는 오스카를 잘 알지도 못했고 그를 좋아하지도 않았다. 아버지는 괜찮다며 병원에 가려 하지 않았지만 말이 어눌해지고 동작도 이상해지기 시작해 오스카가 아버지를 데리고 병원으로 갔다.

아버지는 결국 집으로 돌아오지 못했다.

아버지가 세상을 뜬 후 상심이 컸던 의붓어머니는 너무나 힘들어했다. 결국 오스카가 집으로 들어와 함께 살게 되었다. 오스카가 아버지 가게와 내 삶을 장악했다. 끔찍했다. 그는 내가 집 밖으로 나가지 못하게 했고, 일하러 가는 것도 허락하지 않았다. 나는 고등학교를 마치면 대학에 진학해 의사가 될 계획을 세우고 아버지 가게에서 일하며 번 돈을 저축하고 있었다. 일주일 동안 일한 후 일요일이 되면 아버지는 내게 10케트살을 주곤 했다. 아버지는 갖고 싶은 것을 사라고 했지만, 나는 그 돈을 침대 밑에 모아 두었다. 뭔가 더 큰 것을 위해 저축하고 싶었다.

그런데 어느 날 오스카가 그 돈을 발견했다. 오스카는 내게 소리를 질렀다.

"너 이거 어디서 났어?"

나는 몇 달에 걸쳐 모은 돈이라고 말했지만 그는 가게에서 돈을 훔쳤다며 나를 비난했다. 오스카는 내 돈을 가져가 버렸고 나는 내가 덫에 걸렸음을 깨달았다. 내가 잘 알지도 못하는 이 사람은 나를 돌보지 않을 것이다. 처음부터 병약했던 의붓어머니는 그사이 건강이 상당히 나빠져 있었다. 나는 의붓어머니가 마음의 병을 얻은 것이라 생각한다.

어떻게 해야 할지 고민이 되었다. 오스카와 같은 집에서 살 수 없었지만 달리 갈 곳이 없었다.

그러던 중 미국에서 또 다른 오빠인 에르네스토가 연락을 했다. 그는 내 어머니가 낳은, 나와는 아버지가 다른 오빠였다. 에르네스토에 대한 기억은 전혀 없었다. 에르네스토는 열다섯 살 때 과테말라를 떠났다. 어머니가 살아 있을 때였지만, 당시 어머니는 오빠를 제대로 돌보지 못했고, 오빠도 독립하는 편이 더 낫다고 생각했던 것이다. 오빠는 큰언니로부터 내 아버지의 소식을 들었다고 했다. 당시 언니는 집도 돈도 없어 나를 돌볼 수 없는 처지였다.

에르네스토 오빠가 말했다.

"미국에 와서 나랑 같이 지낼래?"

전화를 끊은 나는 당황스러웠다. 오스카와 같이 사는 것이 힘들었고, 의붓어머니는 건강이 나빠 나를 돌볼 수 없는 상황이었다. 하지만 나는 에르네스토에 대해 아는 게 없었다. 그는 나의 의붓오빠였고, 그건 오스카도 마찬가지였다. 의붓형제라는 건 내게 아무 의미가 없었다. 나는 하느님에게 기도했다.

"제게 신호를 보내 주세요."

아주 오랫동안 비가 오지 않고 있던 터라 나는 이렇게 기도했다. 토요일에 비를 내려 주시면 가도 좋다는 신호로 생각하고 미국으로 갈 테니 저를 보호해 주세요. 비가 없으면 가지 않겠습니다. 위험을 무릅쓸 만한 가치가 없다는 뜻으로 알겠습니다.

그리고 토요일, 몇 주 만에 처음으로 비가 내렸다.

다시 에르네스토 오빠에게서 전화가 왔을 때 나는 갈 준비가 되었다고 말했다.

의붓어머니가 통화를 듣고 있었다. 내가 전화를 끊자 의붓어머니는 울기 시작했다. 나는 다 괜찮을 거라고 말했다. 하느님과 비 이야기를 들려주며 의붓어머니를 안심시켰다.

나는 친구들에게 학기를 마치지 못하고 떠날 거라고 알렸다.

친구들은 웃으며 미국에 가면 자기들을 금방 까먹어 버릴 거냐고 말했다. 선생님들도 떠난다는 이야기를 듣고는 웃음을 터뜨렸다. 아무도 내가 실제로 떠날 거라고 믿지 않는 것 같아서 슬펐다.

나는 화요일부터 학교에 가지 않았고, 아버지의 가게에서 이틀 동안 일했다. 목요일에는 힘든 여정 내내 버텨 줄 새 신발을 샀다. 그리고 금요일, 친구들이 전부 우리 집으로 왔다. 이제 친구들은 내가 진짜 떠난다는 것을 알았다. 친구들을 한 사람씩 안으며 작별 인사를 했다. 그제야 실감이 났다. 나는 간신히 눈물을 참았다. 내게 기타를 가르쳐 주었던 한 친구가 기타를 치며 작별의 노래를 시작했고, 우리는 모두 함께 노래를 불렀다.

의붓어머니에게 인사를 하러 가자, 의붓어머니는 나를 껴안고 울며 기도해 주겠다고 말했다. 그즈음 의붓어머니는 너무 아파 나는 나보다 어머니가 더 걱정되었다.

그날 밤 오스카가 나를 먹여 살리는 일에 지쳤다고 말했다. 그가 왜 내게 항상 화를 내는지 이해할 수 없었지만, 어쨌든 떠나겠다는 결심이 더욱 굳어졌다.

다음 날 나는 과테말라와 멕시코 국경 지역인 페텐으로 가는 버스를 탔다. 그날 밤은 페텐의 비밀가옥에서 다른 다섯 사람과 함께 지냈다. 모두 같은 여정을 가는 사람들로 덩치가 큰 남자 두 사람, 살바도르 여자 한 사람, 그리고 내 또래 젊은 남자 두 사람이었다. 각자가 고향을 떠나는 이유는 말하지 않았다. 하지만 그들도 나처럼 선택의 여지가 없었다는 것은 알 수 있었다.

차가 멕시코 국경에 도착했고, 우리는 강을 건너야 했다. 강의 절반은 과테말라에, 다른 절반은 멕시코의 치아파스에 속했다.

우리는 작은 뗏목에 올라탔다. 우리를 뗏목에 태워 강을 건너던 남자들은 총을 가지고 있었다.

"동물들 때문이야."

조용히 미끄러지듯 물속으로 들어가는 악어들이 보였다. 처음으로 나는 진짜 무서움을 느꼈다. 우리는 정글 깊숙이 들어와 있었다. 원숭이들이 머리 위에서 나무 사이를 건너다녔고, 물속의 커다란 바위들을 피하며 노를 저어야 했다. 비가 내리기 시작했고 앞쪽에서 물이 소용돌이치는 것이 보였다. 거친 물살에 부딪히자 사람들이 비명을 질렀다. 바위에 충돌하거나 물살에 빨려 들어가면 뗏목이 가라앉을 것이다. 나는 강을 건너는 내내 눈을 감고 기도했다. 마침내 뗏목이 멕시코 땅에 닿았고, 나는 안도의 숨을 내쉬었다.

우리는 중앙아메리카 전역에서 온 스물다섯 명과 함께 트럭 한 대에 올라탔다. 이민국 직원들이 전날 밤 그곳에 다녀갔고, 그래서 특히 더 조심해야 했다. 울퉁불퉁한 흙길을 따라 몇 시간 달린 후, 깜깜한 어둠 속에서 언덕길을 걸었다. 공사 중인 어느 집에 도착했고, 마침내 쉴 수 있었다. 너무 피곤해서 곧바로 잠이 들었다. 깨워 준 사람이 없었더라면 나는 혼자 남겨졌을 것이다.

이번에는 작은 밴에 빽빽하게 실린 채 다른 장소로 갔고, 밴에서 내린 후에는 다음 접선 장소까지 뛰어가야 했다. 완전히 아수라장이었다. 우리를 태우러 온 차량이 멈추어 서기도 전에 어서 빨리 타라는 외침이 100명이 넘는 사람들을 향해 터져 나왔다. 꼬마 남자아이가 마치 인형처럼 트럭 뒤 칸에 던져졌고, 거칠게 떠밀린 한 임산부는 울음을 터뜨렸다. 가축용 트럭이었고, 불법 이민업자들은 우리를 짐승 다루듯 했다. 좁은 공간에 너무나 많은 사람이 타서, 전혀 알지도 못하는 사람들 틈에 몸이 눌린 채 이틀을 가야 했다.

멕시코의 다음 안전가옥에 도착한 후 나는 가방을 열었다. 미치도록 씻고 싶었고 옷도 갈아입고 싶었다. 셔츠 두 벌, 바지 두 벌, 속옷 몇 벌을 꾸린 가방이었다. 가방 안에 작은 수건 하나가 보였다. 의붓어머니가 나를 위해 넣어 둔 것이 분명했다.

수건이 있어 정말 다행이었다. 나는 일주일 안에 미국에 도착할 것이라 생각했지만 우리는 그 마을에서 한 달을 지냈다. 트럭 한 대가 전복되어 문제가 발생했던 것이다. 그 사고로 사람이 많이 죽었다. 부근에 이민국 직원들이 워낙 많아졌기 때문에 눈에 띄지 않게 조용히 있어야 한다고 했다.

함께 지내던 이들이 좋은 사람들이어서 나는 정말 감사하게 생각한다. 나는 네 사람과 한집에서 지냈는데, 그 집 주인 몸에 이구아나 문신이 있어 우리는 그를 이구아나라고 불렀다. 이구아

나의 어린 아들은 우리에게 함께 영화를 보자거나 축구를 하자고 권하곤 했다. 집주인 가족이 너무나 친절했기 때문에 떠나야 할 시간이 되자 조금은 슬프기까지 했다.

이 여정의 마지막 구간에 이르렀다. 나는 내가 옳은 선택을 한 건지 의문이 들기 시작했다.

미국 텍사스 지역 국경 근처에서 만난 안내인 남자는 계속 우리를 위협했다.

"조용히 해! 침착하라고!"

하지만 그 말 때문에 오히려 모두 겁에 질리게 되었다. 강가에 도착하자 그는 소지품을 모두 버리고 가벼운 옷만 가지고 강을 건너야 한다고 말했다.

나는 심호흡을 하며 하느님에게 기도한 뒤 뗏목에 올랐다. 이제 거의 다 온 것이다. 하지만 이 강을 건너는 일이 가장 위험하다는 이야기를 많이 들었다. 대부분의 사람들이 이곳에서 잡혀서 추방당한다고 했다.

뗏목이 강 건너편에 도착한 순간에도 안도할 시간이 없었다. 안내인은 우리에게 젖 먹던 힘까지 내어 달리라고 말했다. 나는 내 또래 아이 두 명, 젊은 엄마와 세 살짜리 아들, 할머니 한 명과 함께 있었다. 우리는 함께 움직이자고 약속했다.

안내인은 다리 옆에서 비추는 작은 불빛을 찾아 그 불빛을 따라가라고 했었다. 문제는 그런 작은 불빛이 너무나 많았다는 것이다! 우리는 두 시간을 달렸다. 할머니는 따라오기 힘겨워했다. 할머니는 몇 번이나 말했다.

"더 이상 못 가겠어."

나 역시 그만 포기하려던 순간 앞쪽에 도로가 보였다. 그즈음 할머니는 거의 걷지도 못할 지경이었다. 우리가 그 도로에 들어선 지 얼마 되지 않아 경찰차가 와서 섰다. 경찰 제복을 입은 남자 여러 명이 차에서 내려 도로변에 무릎을 꿇으라고 했다. 이어서 허리띠와 신발끈을 풀라고 소리치더니, 우리를 차에 태워 거대한 창고로 데려갔다.

경찰 한 사람이 스페인어로 계속 우리에게 고함을 질렀다. 그들 중 유일하게 스페인어를 하는 사람이었다.

"왜 이러는 건데? 그렇게 고생이 하고 싶어?"

경찰들은 우리를 '이엘레라'라고 불리는 장소로 이동시켰는데, 스페인어로 아이스박스라는 뜻이었다. 그들은 알루미늄포일 담요를 나누어 준 후 줄을 세워 숫자를 세고 절차를 진행했다.

나는 너무 피곤한 나머지 졸기 시작했지만, 경비 한 사람이 계속 쿡쿡 찔러 잠을 깨웠다. 우리는 한 사람씩 지문을 찍고, 체중을 재고 사진을 찍었다.

나는 미국에 연고가 있냐는 질문을 받고 에르네스토 이름을 댔다. 그들은 그의 전화번호를 물었다. 나는 번호를 외우고 있었고, 만약의 경우를 대비해 바지 안쪽에 써 놓기까지 했었다.

그들은 나를 어느 방으로 데리고 가더니 전화를 건넸다.

"아날리사?"

에르네스토였다.

"괜찮니?"

나는 괜찮다고, 그냥 피곤할 뿐이라고 말했다. 시간이 충분치 못해 이젠 좀 안심이 된다는 말까지는 전하지 못했다, 오빠의 목소리를 들어서, 여기까지라도 올 수 있어 다행이라고.

그날 밤 그들은 나를 차에 태워 '페레라'라는 곳으로 데리고 갔다. 개 우리라는 뜻이었다. 아이스박스와 마찬가지로 공식 이름은 알 수 없었다. 거대한 창고처럼 생긴 곳에 철조망으로 구획을 나누어 놓아 그 안에 있으면 마치 우리에 갇힌 개처럼 느껴졌다.

그래도 최소한 또래 여자아이들과 함께 지낼 수 있었다. 남자들은 분리되어 수용되었다. 우리는 잠시라도 걱정을 잊으려고 이곳까지 오면서 겪은 경험을 공유했다.

"너도 거기서 국경을 건넜어? 제일 무서웠던 게 뭐야? 오는 길에 친절한 사람들을 만난 적 있어?"

엘살바도르에서 온 아이 하나는 친구와 둘이서 떠나왔지만 그 친구는 결국 이곳에 오지 못했다고 말했다.

"어떻게 됐는데?"

내가 물었다. 그들은 기차로 출발했다고 했다. 나는 기차를 이용하는 방법이 정말 위험하다는 이야기를 들어 알고 있었다. 역에서 막 떠나는 기차나, 달리다가 속도를 늦추는 기차에 뛰어올라야 하기 때문이다. 그 아이의 친구는 기차에 뛰어오르다가 다리를 심하게 다쳤고, 피를 너무 많이 흘린 나머지 기차 안에서 숨을 거두었다고 했다. 모두 당황했고 누군가 겁에 질려 그 친구의 시신을 달리는 기차 밖으로 던져 버렸다고 했다.

아이는 이야기를 하며 몸을 떨었다. 여전히 끔찍한 충격에서 벗어나지 못하고 있었고, 나는 충분히 이해할 수 있었다. 나 역시 운이 좋아 살아 있을 뿐이었다.

그곳에서 이틀을 지낸 것 같다. 확실하지는 않은데, 조명이 너무나 환하고 창문도 전혀 없어 낮인지 밤인지 알 수 없었기 때문이다.

나는 다른 아이들과 이야기를 하며 시간을 보냈다. 우리가 여기 얼마나 오래 있을 것 같으냐고 아이들에게 물었지만 아무도 알 수 없었다. 우는 아이들도 있었다. 특히 어린아이들이 울곤 했다. 큰 아이들과 내가 달래려고 애썼지만, 우리 역시 불안한 것은 마찬가지였다.

몇몇 아이들 손목이나 발목에 수갑이 채워지곤 했지만 우리는 그 광경을 그냥 바라보고 있을 수밖에 없었다. 쇠사슬이 채워지기도 했다. 누구도 이유가 무엇인지, 누가 다음 차례가 될지 알지 못했다. 우리는 영어를 할 줄 몰랐고, 그곳 경비들은 스페인어를 할 줄 몰랐다. 우리는 그들의 손짓, 몸짓을 보면서 우리에게 무엇을 원하는지 추측하려 애썼지만 불가능했다.

아이스박스와 개 우리에서 닷새를 지낸 후 나는 여자아이들과 함께 보호소로 옮겨졌다. 난민정착국에서 운영하는 아동보호소였다. 특히 혼자 온 아동을 위한 곳이었다.

나는 처음에는 이곳이 마음에 들었다. 침대가 있었고 샤워도 할 수 있었다. 아침 여섯 시면 마치 군인처럼 호각 소리에 맞춰 일어나야 했지만 그런 건 개의치 않았다. 우리는 수업을 들으며 영어를 배웠고 저녁에는 영화를 보았다. 하지만 점점 초조해졌다. 도대체 언제까지 이곳에 있어야 할지 알 수 없었기 때문이다. 그곳에는 6개월째 있는 아이들도, 1년 넘게 있는 아이들도 있었다.

그동안 에르네스토는 나를 이곳에서 빼내기 위해 할 수 있는 일은 다 하고 있었고, 마침내 6주 후 성공할 수 있었다. 오빠는 나를 보며 너무나 기뻐했다. 나를 드디어 만났고, 내가 죽지 않고 살아 있었으니까.

그러나 나는 머릿속이 백지장 같았다. 모든 것이 낯설었다. 오빠도 내겐 낯선 사람이었다. 어릴 때 만나긴 했지만 오빠에 대한 기억이 전혀 나지 않았다. 이 새로운 나라도 그때까지 내게 우호적이지 않았다.

하지만 앞으로 어떤 일이 일어나든 나는 혼자가 아니다. 많은 일을 경험했고, 앞으로도 많은 경험을 하겠지만, 하느님이 나와 늘 함께할 것이다. 과테말라를 떠나기 전 내렸던 비처럼. 아버지가 없는 대신 믿음이 나를 지켜 줄 것이다.

오빠의 집에 도착했을 때 집 뒤에 교회가 보였다. 나는 하늘을 바라보며 생각했다. 고맙습니다, 하느님.

마리 클레어와 제니퍼

MARIE CLAIRE·JENNIFER

새로운 시작

Courtesy of Jennifer Shumway

마리 클레어(오른쪽)와 제니퍼(가운데), 나이디나(왼쪽)

Courtesy of Jennifer Shumway

마리 클레어(제일 오른쪽)와 그의 두 가족.

내가 마리 클레어를 처음 만난 건 펜실베이니아 랭커스터에서 해마다 열리는 난민공동체 행사에서였다. 랭커스터는 종종 미국의 난민 수도로 불린다. 나는 나 못지않게 놀라운 이야기를 품고 있을 사람들 앞에서 연설을 했다.

사실 나는 늘 말하기보다는 듣는 일에 관심이 있다. 그날도 나는 소년 소녀 여섯 명과 함께 앉아 있었고, 그들은 각자 자신의 이야기를 들려주었다.

내가 마리 클레어를 기억하는 것은 그가 들려준 이야기뿐 아니라 미처 들려주지 않은 이야기 때문이기도 하다. 마리 클레어는 의지가 아주 강한 소녀지만, 나는 그의 가슴 저 깊숙한 곳의 아픔을 느낄 수 있었다. 말없이 고이는 눈물을 보면서, 그의 내면에 존재하는 당당함과 더불어 트라우마를 느낄 수 있었다. 그가 자신이 겪은 일을 이야기하던 그 순간이 내 머리에 아직도 깊이 각인되어 있다.

-말랄라

마리 클레어

어머니는 내게 이렇게 말하곤 했다.

"마리 클레어, 뭘 하고 싶니? 넌 네 꿈을 이루어야 한다!"

어머니가 이 말을 처음 한 건 내가 학교에서 울며 돌아온 날이었다. 아이들이 내게 못되게 굴고 있었다. 콩고민주공화국을 탈출해 잠비아로 온 지 1년 남짓 됐을 무렵이었다. 나는 잠비아의 언어도 할 줄 몰랐고 외모도 달랐다. 아이들은 나를 놀리고 욕을 했으며 심지어 침을 뱉기도 했다.

나는 어머니에게 부탁했다.

"제발요, 엄마! 나 학교 가기 싫어요."

어머니 무릎에 누워 울던 나의 머리를 쓰다듬으며 어머니가 말했다.

"그 애들은 신경 쓰지 마라, 마리 클레어! 넌 네 꿈만 생각해."

2016년 6월 16일 잠에서 깨며 나는 어머니의 그 말을 되새겼다. 처음 눈에 들어온 것은 옷장 문에 걸린 빨간 모자와 가운이었다. 전날 밤 일부러 그렇게 걸어 두었다. 그래야만 실감할 수 있을 것 같았다.

아래층 부엌에서 아버지와 형제들이 이야기하는 소리, 그릇을 달그락거리며 아침을 준비하는 소리가 들려왔다. 아버지가 온 집안이 쩌렁쩌렁 울리게 이야기하고 있었다.

오늘은 중요한 날, 내 꿈이 실현되는 날이다. 나는 우리 집안에서 처음으로 고등학교를 졸업하는 사람이 된다. 가슴이 뿌듯한 동시에 아리게 저려 왔다. 이것은 어머니의 꿈이기도 했기 때문이다. 어머니도 함께 이 자리에 있었다면 얼마나 좋았을까.

우리 가족이 콩고를 떠난 것은 내가 어렸을 때인데, 정확히 몇 살이었는지는 모른다. 차마 입에 담을 수 없는 폭력들이 일어나던 사이사이 드물게 평온한 순간이 찾아왔을 때 동네에서 아이들과 놀던 일 말고는, 콩고 시절 행복한 기억은 거의 없다. 내가 태어나던 해 전쟁이 시작되었다는 것이 내가 아는 전부였다.

내 기억의 대부분은 도망가기 위해 달리던 일이다. 내가 네 살이 될 때까지 우리 가족은 숲속에 살면서 말 그대로 도망을 다녀야 했다. 희미한 기억을 떠올려 보면 그때 우리는 낮에는 야생동물을 피해 가시 많은 관목수풀 아래에서 잠을 청하고 밤에는 잠비아를 향해 남쪽으로 이동했다. 허기와 피로, 민병대에 잡히면 죽는다는 사실을 알았던 게 기억난다. 그렇게 어린 나이였음에도. 우리가 도망했던 이유이다.

사제들의 도움으로 우리는 잠비아로 가는 배를 탈 수 있었다. 당시 많은 사람들이 잠비아로 피난을 갔다. 유엔난민기구에 따르면, 오늘날 콩고에 440만 명의 국내난민이 있다. 콩고의 전쟁은 시리아와 예멘처럼 정부와 반란군 간의 내전이다. 콩고 전쟁이 훨씬 더 오래 진행되고 있음에도 사람들은 잘 알지 못할 뿐이다.

우리 가족은 안전한 곳을 찾아 콩고를 떠나는 길고 긴 난민 행렬의 일부였다. 우리는 살고 싶었다. 그래서 떠나야 했다.

잠비아 사람들은 우리가 자기 나라에 있는 것을 좋아하지 않았다. 거리에서 우리를 보면 소리를 지르곤 했다.

"너희 나라로 돌아가! 왜 우리 나라에 있는 거야?"

학교에서도 아이들이 나와 언니에게 욕설을 했고 심지어 돌을 던지기까지 했다.

"여긴 너희가 있을 곳이 아니야!"

우리가 있을 곳이 아니긴 했지만 우리는 달리 갈 곳이 없었다.

부모님은 잠비아의 수도 루사카에 아주 싼 한 칸짜리 방을 구했는데, 그래도 그 방은 처음 잠비아에 도착해 머물던 난민 캠프의 비닐로 만든 텐트보다 훨씬 나았다. 물론 아주 비좁았다. 나와 형제자매들, 부모님, 총 일곱 명이 작은 방에서 자야 했다. 하지만 나는 개의치 않았다. 관목수풀 속에서 잘 때보다 훨씬 좋았고, 우리가 떠날 때와 비교해도 모든 것이 훨씬 좋았으니까. 아버지는 잠시만 이렇게 살면 된다고 거듭 말했다. 돈을 저축하고 있으니 곧 더 큰 집으로 갈 수 있을 거라고.

그 집에서 나는 생전 처음 학교에 갈 수 있었다. 열한 살 때였다. 3학년으로 시작해야 했는데, 다른 아이들보다 훨씬 나이가 많고 몸도 커서 놀림을 당했다. 나는 영어는 전혀 할 줄 몰랐고, 잠비아의 언어인 냔자어는 아주 조금밖에 하지 못했다. 콩고에서는 키냐르완다어를 사용했고, 그것이 내가 아는 유일한 언어였다. 그럼에도 아이들이 하는 게 욕이란 건 알 수 있었다.

선생님 중에도 불친절한 사람이 있었지만 나를 응원해 준 선생님도 없지는 않았다.

"곧 배우게 될 거다. 시간이 걸릴 뿐이지."

나는 3학년 과정을 2년 동안 배워야 했다. 친구를 사귀기도 어려웠다.

어머니는 내가 학교생활을 힘들어한다는 것을 알고 있었다. 어머니 역시 사람들과의 의사소통에 어려움을 겪고 있었다. 어머니는 매일 동네에 좌판을 차리고 직접 재배하거나 만든 것들을 팔아 가족의 생계를 꾸렸다. 사람들은 어머니에게 지독한 말을 해 댔고 물건을 사지 않았다. 증오가 만연해 있었다. 어머니는 우리가 증오를 피해 떠나왔다는 사실을 떠올리지 않을 수 없었다. 하지만 잠비아를 떠나서 갈 수 있는 곳도 없었다.

그래서 내가, "학교에 안 갈래요. 애들이 계속 놀린단 말이에요. 더 이상 못 참겠어요."라고 말할 때마다 어머니는 이렇게 대답하곤 했다.

"이건 네 인생이다. 그 아이들 인생이 아니야. 그 애들은 무시하고 네가 원하는 것에 집중해라."

어머니가 가장 원했던 것은 우리 가족이 더 나은 삶을 사는 것이었다. 어머니는 소리 내어 기도하곤 했다.

"하느님, 우리 아이들만 안전하다면 제 목숨을 가져가셔도 괜찮습니다."

우리가 난민 캠프에서 살던 시절, 어머니는 유엔난민기구를 통해 난민 비자를 신청할 수 있다는 이야기를 들었다. 그래서 루사카로 이사하자마자 그 사무소를 찾아가 비자 신청 절차를 밟기 시작했다. 몇 년이 걸릴 수도 있다고 했다. 어머니는 기꺼이 기다릴 생각이었다.

얼마나 오래 기다려야 하는지는 알 수 없었지만 우리가 안전하지 않다는 것은 잘 알았다. 이미 여러 차례 공격을 당했다. 어느 날 저녁 어머니가 좌판을 정리하던 중 복면 쓴 남자들에게 강도를 당했다. 아버지도 협박을 당한 적이 있었다.

"여기를 떠나지 않으면 죽여 버리겠다!"

부모님이 경제적으로 안정을 찾아 가고 있던 시기였다. 다시 절망감이 밀려왔다. 그 복면 쓴 남자들이 누군지 알 수 없었다. 우리를 혐오하던 잠비아 사람들일 수도, 돈을 탐낸 콩고 사람들일 수도 있었다.

어느 날 밤, 집 밖에서 소란한 소리가 들려왔다. 마체테 칼과 단검을 든 남자들이 열 명도 넘게 우리 집을 둘러싸고 있었다. 몇몇은 문을 두드렸다. 집에 침입하여 물건을 강탈하는 강도들이 가끔 있었지만 이건 다른 경우였다.

어머니와 아버지는 자경단 패거리가 난민들을 공포로 몰아넣는다는 소문을 들어 알고 있었는데, 그 패거리 하나가 지금 우리 집 앞에 있었다. 나는 열두 살이었고 무서워서 몸이 얼어붙는 것 같았다. 형제들과 내가 구석에 옹송그려 모여 있는 동안 어머니가 외쳤다.

"우리 애들은 데리고 가지 말아요. 차라리 나를 데리고 가요!"

그들은 어머니를 먼저 공격했고, 어머니를 거리로 끌고 나갔다. 아버지가 그들과 싸우려 나섰고, 우리는 소리를 지르고 울며 그들에게 멈춰 달라고 빌었다. 그들은 이제 아버지에게 달려들었다.

그날 어머니는 우리 앞에서 목숨을 잃었다. 가장 고통스러운 기억은 어머니가 발가벗겨진 상태였다는 것이다. 나는 지금까지도 이 일을 도저히 이해할 수 없다. 우리는 아버지도 죽임을 당했다고 생각했다. 머리에 여러 차례 칼을 맞는 것을 보았기 때문이다.

우리는 큰오빠네 집으로 옮겼다. 우리는 충격에 빠져 있었다. 그런데 며칠 후 아버지가 살아 있다는 이야기를 들었다.

기적이었다.

경찰이 와서 면담을 했다. 어머니를 죽인 사람을 찾고 있지만, 아직 용의자가 없다고 했다. 그 후엔 소식을 받지 못했다. 우리가 불법체류자여서 법적으로 잠비아에 있어서는 안 되었기 때문이다. 우리에겐 권리가 없었다. 우리에겐 어머니도 없었다. 집도 없었다. 나는 학교를 그만두고 아버지 간호를 했다.

아버지는 몇 달 후에야 회복이 되었다. 나는 도저히 학교에 갈 수가 없었다. 모든 일이 감당하기 너무 힘들었다. 나는 한참 나중에야 이것이 얼마나 잔인한 아이러니인지 깨달을 수 있었다. 기껏 폭력을 피해서 왔는데 또 다른 폭력의 희생자가 되다니.

어머니의 기도가 내 머리를 떠나지 않았다, 우리 아이들만 안전하다면 제 목숨을 가져가셔도 괜찮습니다. 그들은 어머니의 목숨을 가져갔지만 어머니의 사랑까진 앗아 가지 못했다. 어머니의 사랑은 여전히 나와 함께 머물며 나를 강하게 만들어 주고 있다.

어머니가 세상을 떠난 그해, 나는 거의 집 밖으로 나가지 못했다. 슬픔이 너무나 컸다. 마침내 마음을 추스르고 학교로 돌아갔고, 6학년에 들어가게 되었다. 정말 열심히 학교에 다녔다. 학교는 어머니와의 연결 고리였다. 어머니는 늘 말하곤 했었다.

"마리 클레어, 좋은 교육을 받으면 네가 원하는 것은 무엇이든 할 수 있단다."

어머니도 아버지도 학교에 다닐 기회를 얻지 못했다. 내가 학교에 가고 졸업을 하는 것이 어머니의 꿈이었다. 그래서 나는 열심히 공부했다. 나 자신을 위해서, 그리고 어머니를 위해서.

시간이 흐르면서 모든 것이 나아졌다. 나는 뛰어난 성적을 받았고, 아이들도 더 이상 콩고 아이라고 놀리지 않게 되었다. 이곳 언어에도 능숙해지자 잠비아가 덜 적대적으로 느껴졌다. 우리는 아버지에게 재혼을 권했다. 나는 학교생활로 바빴고, 다른 형제들도 마찬가지였는데, 아버지는 너무나 외로워 보였기 때문이다. 아버지는 다니던 교회 목사의 소개로 새 아내를 만났다. 역시 콩고에서 온 사람이었고, 두 사람은 2012년 결혼했다.

그러던 어느 날 아버지는 유엔난민기구에서 우리의 난민 비자 신청이 승인되었다는 연락을 받았다. 우리가 어디로 가는지는 알지 못했고, 곧 잠비아를 떠나게 된다는 것만 알 수 있었다.

참으로 좋으면서도 씁쓸한 소식이었다. 어머니가 오래전 신청한 비자였다. 어머니가 아직 살아 있던 시절, 면접을 하러 오라는 연락을 한 번 받았었다. 우리는 희망에 차 있었지만 다음 몇 년 동안 어떤 소식도 듣지 못했고, 그러는 사이 어머니가 세상을 떠났다. 열여섯 살이 되어서야 그들의 연락을 다시 받을 수 있었다. 우리 가족은 그때부터 3년 동안 다섯 번 이상 면접을 보았다. 그랬기에 마침내 승인이 떨어졌다는 연락을 받았을 때 믿을 수가 없었다.

잠비아를 떠나기로 예정된 날짜 일주일 전, 우리의 새로운 고향이 될 곳이 펜실베이니아의 랭커스터라는 이야기를 들었다. 나는 검색을 해 보았고, 랭커스터가 미국의 '난민 수도'라 불리는 도시임을 알게 되었다. 나는 정말이지 기뻤다. 드디어 합법적으로 체류하는 시민이 되는 것이다. 새로운 집, 새로운 생활, 새로운 시작. 이제 진짜라는 것이 실감되기 시작했다.

나의 수호천사는 제니퍼였다. 제니퍼는 공항으로 우리 가족을 마중 나와 주었다. 나는 그를 처음 보았던 순간을 영원히 잊지 못할 것이다. 단발의 키 작은 백인 여성이 환하게 미소를 지으며 '랭커스터에 오신 걸 환영합니다!'라는 안내판을 들고 있었다. 그때부터 제니퍼 부부와 아이들은 우리의 미국 가족이 되었다.

나는 곧 열아홉 살이 될 예정이었고, 마침내 고등학교를 마칠 수 있을 거란 생각에 기뻤다. 한 학년만 더 다니면 되었다. 그런데 내가 다니게 될 고등학교가 열여덟 살까지만 학생을 받는다는 것을 알게 되었다. 검정고시를 치고 싶지는 않았고, 그래서 전입학 담당 교사를 찾아가 공부할 수 있는 기회를 달라고 부탁했다. 담당 교사는 이제껏 봐 왔던 난민 출신 학생들이 너무 오랫동안 학업을 멈춰서 학교생활에 적응하고 수업 따라가는 것을 매우 힘들어했다고 말했다.

나는 할 수 있다고 선생님을 설득했다. 나는 모범적인 학생이며 영어도 상당히 잘한다고, 기회만 달라고. 나는 어머니의 속삭임을 계속 떠올렸다.

"넌 네가 무엇을 꿈꾸든 해낼 수 있단다."

이것이 나의 꿈이었다.

"그래, 그럼 기회를 줄 테니 한번 해 봐라."

선생님이 그렇게 말했을 때 나는 너무 기뻐 눈물이 나올 것만 같았다.

선생님은 나를 12학년에 배치하며 5개월 후 졸업식이라고 말했다.

졸업식은 2016년 6월이었다. 나는 잠에서 깨어 내 방에 걸린 빨간색 졸업 모자와 가운을 보았다. 새로운 우리 집의 아래층에서 가족들의 이야기 소리가 들려왔다. 나는 그 소리를 들으며 침대에서 내려왔다.

그날 600명의 학생이 졸업했지만, 나는 엄청나게 눈에 띄었다. 가족들이 나를 목말 태우고 사람들 사이를 행진했던 것이다. 우리 얼굴은 기쁨으로 가득했다. 아버지는 하도 크게 웃어서 눈이 안 보일 정도였다. 내가 미국 엄마라고 부르는 제니퍼도 자랑스러워하며 환하게 웃었다. 가족들이 나를 헹가래 치며 위로 높이 던져 올렸을 때, 나는 저 위에서 어머니가 나를 잠시 안아 올리며 미소 짓는 것을 느낄 수 있었다.

제니퍼

마리 클레어의 졸업식 날, 나는 그 아이가 자랑스럽고 사랑스러워 가슴이 터질 것만 같았다. 마리 클레어는 그의 가족 중에서 처음으로 고등학교를 졸업했다. 랭커스터에 도착한 그 순간부터 이 졸업은 그들 모두의 목표가 되었다.

마리 클레어의 졸업은 가능성의 상징이었다. 그의 가족은 그가 졸업장을 받는 순간 너무나 기쁜 나머지 조용한 졸업식장에서 함성을 지르기 시작했다. 식이 끝난 후 그들은 마리 클레어를 높이 헹가래 치며 응원했다. 다른 가족들이 마치 우리가 미친 사람들인 듯 쳐다보았지만 나는 개의치 않았다. 졸업이라는 성과가 이 가족에게 무슨 의미인지 그들은 아마 이해하지 못할 것이다.

2015년 나는 손녀의 첫 생일을 축하하기 위해 딸의 집을 방문 중이었다. 그때 나는 세 살 난 아기의 축 늘어진 시신을 안고 있는 터키 경찰의 사진을 보게 되었다. 더할 수 없이 가슴이 아팠다.

신문 기사를 통해 아기의 아버지인 압둘라 쿠르디만이 가족 중에 유일하게 살아남았다는 것을 알게 되었다. 압둘라와 그의 아내, 두 아이는 시리아를 탈출하여 터키로 갔고, 터키에서 불법 이민업자에게 돈을 주고 에게해를 건너 그리스로 향하던 중이었다. 하지만 터키 해안에서 배가 침몰하고 만 것이다.

시리아를 떠나는 수천 명의 난민에 관한 기사를 읽으며 나는 지금껏 겪어 보지 못한 인도주의의 위기를 목격하고 있음을 깨달았다.

나는 뭔가를 해야겠다고 생각했다.

그날 나는 구글에 난민에 대해 검색을 하다가 기독교세계봉사회(CWS)라는, 신앙을 바탕으로 한 단체를 발견했다. 그 단체가 내가 사는 펜실베이니아 랭커스터에서 난민정착프로그램을 지원하고 있었다. 처음 듣는 단체였다.

딸의 집에서 돌아온 나는 가족회의를 열었다. 나는 직장을 다녔고, 남편은 출장이 잦은 일을 하고 있었으며, 아들 둘은 십 대였다. 내가 자원봉사 일을 시작한다면 가족 모두에게 영향을 미치게 될 것이다. 다행히 가족들 모두 이 일이 중요하다는 것에 동의했다.

그리고 처음으로 연결된 것이 마리 클레어 가족이었다.

내가 그들에 대해 전해 들은 것이라곤 그들이 원래 콩고민주공화국 사람들이고 잠비아에서 정착 중이었다는 것뿐이다. 당시에는 그들이 3년 동안이나 콩고 내전을 피해서, 문자 그대로 폭력을 피해서 도망 다녔다는 사실을 알지 못했다. 그들은 어렵사리 이웃 나라인 잠비아에 도착했으며, 그곳에서 불법체류자의 신분으로 긴 시간을 보내다가 마침내 미국에 망명 허가를 받을 수 있었다고 한다.

그들이 미국에 도착하기 전 나는 그들이 자신의 나라를 떠날 수밖에 없었던 상황을 가능한 한 많이 이해하고 싶어 이런저런 조사를 했다. 1990년대 르완다의 후투족과 투치족의 인종청소분쟁이 콩고민주공화국으로 번지는 과정에서 거의 5백만 명이 목숨을 잃었다. 뉴질랜드 전체 인구보다 많은 숫자이다. 4백만 명이 국내난민이 되었으며, 44만 5천 명의 콩고민주공화국 난민들이 다른 나라로 흩어졌다.

내가 우선 해야 할 일은 공항으로 마중 나가 그들을 새 집으로 데려다주고 정착을 돕는 것이었다. 주중이었기 때문에 나는 직장에 하루 휴가를 냈다. 공항에서 처음 만난 마리 클레어 가족은 모두 열네 명이었다. 아버지(61살), 그의 아내이자 마리 클레어의 새어머니, 그리고 그들 두 사람을 통해 이루어진 복합 가족이었다. 마리 클레어, 언니 나이디나(21살), 오빠 아모르와 그의 아내, 그들의 세 아이(9살, 5살, 2살). 아이들이 특히나 지쳐 보여 걱정이 되었다.

기독교세계봉사회에서 랭커스터 서민 지역에 마련해 둔 새 집으로 차를 타고 가는 동안 그들 가족은 뒷자리에 조용히 앉아 창밖 풍경을 눈여겨보고 있었다. 나는 운전을 하며 페인트가 벗어지거나 베란다가 주저앉은 집들과 쓰레기가 널린 거리 모습에 미안한 마음이 들었다.

우리는 벽을 잇대고 선 4층짜리 연립주택들 앞에 도착했다. 건물 안으로 들어가 둘러보며 나는 위층 화장실에서 물이 새어 부엌 천장에 구멍이 나 있는 것이 신경 쓰였다. 흠집투성이인 벽은 페인트칠이 필요했고 작은 뒷마당에는 잡초가 우거져 있었다.

그러나 마리 클레어의 가족에게는 내가 염려하는 문제점들이 하나도 눈에 띄지 않았다. 그들은 그 집을 아주 마음에 들어 했다. 정말로 너무나도 기뻐했다. 나는 곧 내가 얼마나 많은 것을 누리고 살았는지 깨달았다.

나는 스토브와 냉장고를 생전 처음 보는 그들에게 사용 방법을 보여 주었다. 화장실과 샤워기 이용법도 알려 주었다. 아이들이 뛰어다니며 다섯 개의 방 중 어느 방을 쓸지를 놓고 싸우는 동안 나는 그들이 태어나서 처음으로 비행기를 타 보았다는 것과 비행기 음식이 입에 맞지 않아 이틀 동안 제대로 먹지 못했다는 것을 알게 되었다.

그들은 새로운 환경에 압도되어 있었고 나는 달리 어떻게 도와야 할지 알지 못했다. 그래서 우리 집에 와서 저녁을 먹자고 제안했다.

그 주 주말 우리 집에 온 나이디나가 누군가에게 "물이 정말 많네요!" 하고 말하는 걸 들었다. 처음에는 그것이 무슨 뜻인지 몰랐다. 나중에야 수도꼭지 이야기임을 알게 되었다. 그들에겐 수도꼭지만 틀면 물이 나온다는 사실 자체가 놀라운 일이었다.

마리 클레어는 서서히 마음을 열었다. 그리고 나는 그의 결심을 읽기 시작했다. 그는 곧 열아홉 살이라 고등학교 졸업반 학생들보다 나이가 많았지만 그럼에도 고등학교를 꼭 다니고 싶어 했다. 전입학 담당 교사는 마리 클레어가 과연 해낼 수 있을지 확신하지 못했다.

그러나 마리 클레어는 결국 기회를 얻어 냈다. 담당 교사도 내가 그에게서 보았던 굳은 결심을 읽은 것이 틀림없었다.

그해 1월 마리 클레어가 학교에 다니기 시작하자 나는 불안해졌다. 내 아들도 1학년 때는 친구 사귀는 것을 힘들어했었다. 하지만 마리 클레어는 친구를 사귀거나 클럽과 스포츠팀에 가입하는 일에는 관심이 없었다. 오로지 배우는 일에만 집중했고, 남는 시간을 모두 공부와 영어에 쏟아부었다. 그런 집중력을 계속 보인다면 무슨 일을 하든 성공할 것 같았다. 그는 스스로 현실을 만들어 내고 있었다.

마리 클레어와 가족은 감사하는 마음으로 일상을 보냈지만 때로 아주 커다란 슬픔을 내비치기도 했다.

나는 마리 클레어와 나이디나에게 목걸이를 선물한 일이 있었다. 늘 몸에 지니고 다닐 수 있는 물건으로 내가 항상 그들 곁에 있음을 알려 주고 싶었다. 그들은 소파에 앉은 채 울음을 터뜨렸다. 처음에는 행복의 눈물이라 생각했지만 곧 내 선물이 저 깊은 곳에 있던 슬픔의 우물을 건드렸음을 알았다.

마리 클레어가 먼저 이야기했다.

"너무나 아름다운 일이에요, 이 모든 것이. 여기 있다는 것이요. 그런데 어머니도 함께 여기 있었더라면, 그래서 이 모든 것을 경험했더라면 얼마나 좋았을까 생각이 들어요."

그들은 어머니 이야기를 거의 하지 않았지만, 나는 그때쯤엔 어머니가 죽음에 이른 상황과, 그 장면을 이 두 딸이 목격했다는 사실을 알고 있었다.

"어머니가 목숨을 바쳐 희생해 주었기 때문에 우리가 이런 삶을 살 수 있는 거예요."

나이디나는 터져 나오는 울음 사이로 간신히 말했다.

가슴에 비통함이 느껴졌다. 나 역시 그들의 어머니가 여기 있다면, 그래서 딸들이 얼마나 용감하고, 강인하고, 친절하며, 굳은 의지를 가진 아름다운 여성으로 자랐는지 볼 수 있다면 얼마나 좋을까 생각했다. 한편 나는 어머니의 정신이 두 딸에게, 특히 마리 클레어에게 이어지고 있음을 알 수 있었다. 그는 불굴의 의지를 지니고 있었다. 어머니를 닮아 용감하고 의지가 강했으며 그러면서도 겸손한 아이였다.

난민들은 모두 같은 마음이리라 생각한다. 새로운 삶에 감사하면서도 이전의 삶을 잃어버렸다는 가슴 아픈 상실의 역설이 존재한다.

2017년 9월 말랄라는 유엔총회 청년회의 연설에 마리 클레어를 초대했다. 나도 뉴욕에 가서 그 행사에 참석했다. 마리 클레어가 에마뉘엘 마크롱 프랑스 대통령 등 세계 정상과 외교관 앞에서 자신의 경험을 나눌 때 한없이 자랑스러웠다.

단상에 선 마리 클레어는 차분하고 단단해 보였다. 그는 자신의 이야기를 시작했다.

"어느 날 밤, 무장한 사람들이 살해 의도를 갖고 우리 집에 침입했습니다. 우리는 어머니가 살해당하는 것을 지켜보아야 했습니다. 어머니는 저와 형제들을 보호하기 위해 자신을 희생했습니다."

연설이 이 부분에 이르렀을 때는 바늘 떨어지는 소리도 들릴 정도로 조용해졌다. 그 순간 나는 마리 클레어의 어머니가 살아 있어, 딸이 이 많은 청중의 시선을 사로잡는 광경을 보았더라면 얼마나 좋을까 생각했다. 그러나 이것은 아이러니였다. 마리 클레어가 거기 설 수 있었던 것은 그 어머니의 사랑과 희생 덕분이었으니까. 어머니가 마리 클레어를 차에 태워 학교에 데려다줄 수 있었다면, 전공을 간호학으로 정하는 것도 지켜봐 주고, 나이디나의 결혼식에도 참석할 수 있었다면 얼마나 좋았을까. 나이디나는 잠비아에서 알고 지내다가 나중에 유타로 온 난민 남성과 다시 만나 결혼했다. 우리 모두 결혼식에 참석해 멋진 출발을 지켜보았다.

마리 클레어나 다른 형제들은 나를 언제나 미국 엄마라고 소개한다. 나는 내 삶에 그들 한 사람, 한 사람이 들어와 있는 것이 영광이며 명예라고 생각한다. 나는 미국 엄마라는 이름이 자랑스럽다.

마리 클레어는 미국에 도착했을 당시에 좀 내성적이었고 매사에 조심스러워했다. 하지만 나는 그 안에서 곧 활활 타오르길 기다리고 있는 불씨를 보았다. 그는 원래 목표에 집중하고 결심도 굳은 사람이었지만 주변의 응원과 지원을 받으며 더더욱 자신감을 가지고 성장했다. 기회가 왔을 때 기회를 포착할 줄 알고 나아가 그 기회를 발현시켰다. 불과 3년 전만 하더라도 마리 클레어의 미래는 불확실했지만, 지금은 두려움 없이 미래를 개척하며 이 세상에 실질적인 영향을 끼치고 있다. 마리 클레어는 궁극적으로는 간호사가 되어 잠비아에 돌아가 다른 난민들을 돕는 활동을 하고 싶어 한다.

나는 그날이 올 것을 믿는다.

아지다

AJIDA

우리는 걷고 또 걸었다

Jérôme Jarre

방글라데시 난민 캠프의 아지다.
화덕을 만들어 다른 가족들에게
나누어 준 이야기를 하고 있다.

Brandon Stanton

아지다와 아들, 임시 숙소에서.

2017년 8월부터 미얀마의 로힝야족이 이웃한 방글라데시로 대거 이주하기 시작했다. 불교도가 대다수인 미얀마에서 이슬람교도인 로힝야족은 소수였다. 오랜 세월 차별을 받아 오던 그들에게 또다시 폭력이 밀어닥치기 시작한 것이다. 미얀마 극단주의자들이 마을에 불을 지르고 여성들을 강간하며 사람들을 죽였기 때문에 로힝야족은 달아나야 했다. 주로 라카인 서부, 방글라데시와 국경을 맞대고 있던 지역에 살던 그들은 순식간에 나라 밖으로 빠져나갔다.

2017년 9월, 나는 미얀마의 로힝야 무슬림에 대한 비극적이고 부끄러운 차별대우에 반대하는 연설을 했다. 그 이후 나는 제롬 자르를 만났다. 제롬은 프랑스 활동가이자 인도주의자로, '사랑의 군대'라는 단체를 만들어 다른 예술가들, 활동가들과 함께 청년의 힘을 모아 세계 위기에 좀 더 직접적으로 대응하고 있었다. 소셜미디어를 통해 기금을 마련한 사랑의 군대는 2017년 소말리아 가뭄에 고통받는 사람들을 도왔다. 이어서 멕시코 지진 피해자를 위한 기금을 모금했고, 그 후에는 미얀마에 노력을 집중하고 있었다. 나는 제롬과 사랑의 군대가 로힝야족을 돕기 위해 한 일에 큰 감명을 받았다.

나는 전 세계 곳곳에서 누군가를 돕는 사람들 생각을 자주 한다. 마리 클레어와 그 가족을 진심으로 도왔던 제니퍼 같은 사람도 있고, 통번역자들, 기금 모금자들, 문제 인식을 높이기 위해 시간을 기부하는 이들도 있다. 이들 모두의 활동이 도움이 된다. 때로 다른 이들이 보아 주고 인정해 주는 것만으로도 누군가는 기운을 얻는다.

로힝야족은 1960년대부터 박해를 피해 탈출하고 있다. 첫 번째 난민 캠프가 1990년 방글라데시에 세워졌고, 그 이후 90만 명이 넘는 숫자로 불어난 난민들이 미얀마와 방글라데시 사이 황무지와 산악지대에서 지내고 있다. 로힝야족은 난민 캠프에 도착하면 그곳을 떠날 수도, 외부에서 일을 할 수도 없다. 방글라데시 정부가 허락하지 않기 때문이다.

사랑의 군대는 로힝야족을 위해 모금한 돈으로 4,000개의 보호소를 세우고 81개의 우물을 팠다. 이 돈은 또한 난민 캠프 내에서 여러 일을 하는 로힝야족의 임금으로도 지불된다. 그들은 캠프에서 청소부터 옷 수선, 통역 등의 일을 하고 있다. 나는 그들 중 통역사 모하메드의 도움을 받아 아지다의 이야기를 함께 나눌 수 있었다.

—말랄라

처음 캠프에 도착했을 때 나는 두 가지 감정을 느꼈다. 안도와 혼란이었다.

방글라데시까지 올 수 있었다는 것이 매우 기뻤다. 남편과 아이들도 다 살아 있었다. 기적이었다.

그러나 캠프는 내가 기대했던 것과 너무 달랐다. 그저 커다란 허허벌판에 텐트들뿐이었다. 우리는 비닐 한 장과 대나무 막대기 몇 개를 받았다. 그 비닐로 텐트를 만들며 나는 생각했다. 그래도 이만하길 다행이야. 우리 전부 죽을 수도 있었잖아.

나는 미얀마의 노아파라에 있는 작은 마을에서 자랐다. 남편과 나는 서로 사랑해서 결혼했다. 우리는 어릴 때부터 잘 알았고 나중엔 서로의 마음을 읽을 수 있을 정도였다. 그래서 함께 사는 일도 훨씬 수월했다. 로힝야족 사람들은 대개 중매결혼을 하는데, 상대방을 잘 알지 못해서 결혼 생활이 어려운 경우도 있다. 남편과 나는 행복한 사람이었다. 우리는 열다섯 살 때 결혼했고, 지금은 아홉 살, 일곱 살, 네 살 된 아이들 셋이 있다.

2년 전 어느 날 자정 무렵, 우리는 커다란 총소리에 잠에서 깼다. 군대와 경찰이 마을을 포위하고 집집마다 불을 지르고 있었다. 우리는 군대가 마을을 습격해 여자들을 강간하고 남자들을 죽인다는 소문을 들었다. 우리에게도 같은 일이 일어날 것이라는 생각에 겁에 질린 우리는 아이들을 안고 숲을 향해 달렸다. 우리는 운이 좋아 피신할 수 있었다. 나중에 남편의 동생이 다른 많은 이웃들과 함께 죽임을 당했다는 것을 알게 되었다.

우리는 며칠 동안 숲속에서 지냈다. 군대가 떠나면 다시 돌아갈 수 있을 거라 생각했지만 그건 불가능했다. 너무 많은 사람들이 살해되었고 모든 것이 파괴되어 버렸다.

게다가 군대는 아직 우리 마을을 떠나지 않았다. 돌아가면 모두 죽임을 당하게 될 터였다.

도주하는 것 외에는 선택의 여지가 없었다.

우리에겐 아무것도 없었다. 음식도, 옷도 없었다.

나는 배가 고파 우는 아이들에게 숲속의 나뭇잎을 먹였다. 먹을 것이라곤 아무것도 없었기 때문이다. 우리 마을 사람들과 다른 마을에서 온 사람들 300여 명이 함께 있었다. 함께 다니는 편이 더 안전했다. 우리는 방글라데시를 향해 걷기 시작했다.

방글라데시는 이슬람 국가이고, 우리는 이슬람교도였다. 방글라데시에 무엇이 기다리고 있는지는 몰랐지만 최소한 살아남을 기회는 있었다.

우리는 정글을 통과하는 길을 택했고 밤에만 걸었다. 낮에는 군인들에게 들켜 죽을까 봐 이동하지 않았다.

나는 두 살이던 막내아들을 업었다. 아이가 따라오기엔 너무 힘든 길이었다. 여정의 어느 시점에서는 남편이 많이 아프기도 했다. 가는 길에 많은 시신을 보았다. 우리를 배척하는 극단주의 불교도들이 총으로 쏘거나 칼로 베어 죽인 로힝야족 사람들이었다. 나는 막내의 눈을 가려 그런 광경을 보지 못하도록 했지만 첫째와 둘째 딸의 눈까지는 가리지 못했다. 사방에 죽음이었다. 이동하지 않으면 다음 차례는 우리일지도 몰랐다.

9일 동안 걸은 후에야 마침내 국경에 이르렀고, 강을 건너 방글라데시로 들어갔다. 한 방글라데시 남자가 돈을 받고 배를 태워 주었다. 한 번에 열 명 정도가 간신히 탈 정도였고, 모터도 없어서 그 남자가 노를 저어야 했다. 우리는 수영을 할 줄 몰랐기 때문에 강을 건너는 내내 두려움에 떨었다. 그래도 감사한 것은 우리 가족이 흩어지지 않고 함께 있었다는 것이다. 강 저편에 닿기까지 네 시간이나 걸렸다.

마침내 방글라데시에 도착하자 눈물이 쏟아져 내렸다. 드디어 탈출한 것이다. 그러고도 세 시간이나 더 걸은 후에야 난민 캠프에 도착할 수 있었다.

수많은 로힝야족들이 피난을 가고 있어 우리는 그저 다른 사람들을 따라가기만 하면 되었다. 서로 잘 알지 못하는 낯선 이들이 무리를 지어, 미지의 공동 목적지를 향해 걸어가고 있었다. 안심이 되기도 했지만 그렇다고 해서 두려움이 사라지지는 않았다. 무엇이 기다리고 있을지 전혀 알 수 없었기 때문이다.

도착했을 때 눈앞에 보인 것은 커다란 공터, 그리고 수많은 사람들. 우리가 캠프에 합류한 당시 그곳에는 이미 8,000명 이상의 사람들이 북적거리고 있었다. 첫날은 비닐 아래에서 잠을 잤다. 마침내 텐트를 받았을 때 우기가 시작되었다. 캠프를 세운 지역에 홍수가 발생할 우려가 있어 우리 가족을 포함해 수백 명의 난민들이 다른 캠프로 옮기게 되었다.

새 캠프는 산을 타고 올라가야 하는 곳에 있었다. 캠프로 가는 도로가 없었고, 가장 가까운 도로도 30분이나 떨어져 있었다. 우리는 이 캠프에 대나무로 움막을 지었다. 바람이 매우 강하고 여러 자연재해에 노출된 지역이지만 이곳에 머물 수밖에 없었다. 방글라데시 정부가 로힝야족들이 캠프를 벗어나는 것을 허락하지 않았기 때문이다. 만일 우리가 캠프 밖으로 나가면 체포되어 다시 돌아오게 될 것이다.

우리는 최선을 다했다. 방글라데시 정부는 우리에게 쌀과 콩을 주었고, 나는 진흙으로 화덕을 만들었다. 나는 적어도 우리 가족을 위해 음식을 요리할 수 있었다. 화덕 만드는 법은 어머니가 가르쳐 준 것이다. 이곳에서 뭔가 낯익은 일을 한다는 것이 작은 위로가 되었다. 상황이 매우 힘들었지만 적어도 남편과 나는 일거리가 있었다.

내가 화덕을 만든다는 것을 알게 된 사랑의 군대에서 나를 고용했고, 나는 화덕을 만들어 다른 난민들에게 나누어 주는 일을 하게 되었다. 그때부터 지금까지 나는 2,000개가 넘는 화덕을 만들었다. 남편 역시 사랑의 군대를 통해 청소 팀에서 일하고 있다.

이곳 생활은 힘들다. 우리 아이들은 임시로 세운 학습센터에 가는데, 책도 없는 곳이어서 학교라고 부르기엔 부족하다. 아이들은 집을 그리워하고 큰딸은 키우던 고양이를 보고 싶어 한다. 큰딸이 가장 힘든 시간을 보내고 있다. 딸은 탈출 당시 겨우 일곱 살이었지만 왜 떠나야 하는지 정도는 이해할 나이였다.

세상 사람들은 로힝야족이 오랜 세월 인종학살로 고통받아 왔다는 것을 알까? 이유가 무엇인지 알고 있을까? 우리를 도울 사람은 없는 걸까?

방글라데시 정부는 우리들이 미얀마로 돌아가기를 바라고 있다. 그러나 우리는 돌아가지 않을 것이다. 그곳에는 슬픔 말고는 남아 있는 것이 없다. 내 사람들은 모두 이곳에 있다. 그들은 나의 이야기와 내 아픔에 공감한다. 그들은 나를 안다.

나는 우리 가족이 존엄을 지킬 수 있는 사회적 대우가 보장되어야만 다시 고향으로 돌아갈 수 있다. 그런데 그것이 언제일지는 아무도 모른다.

파라

FARAH

이것이 나의 이야기다

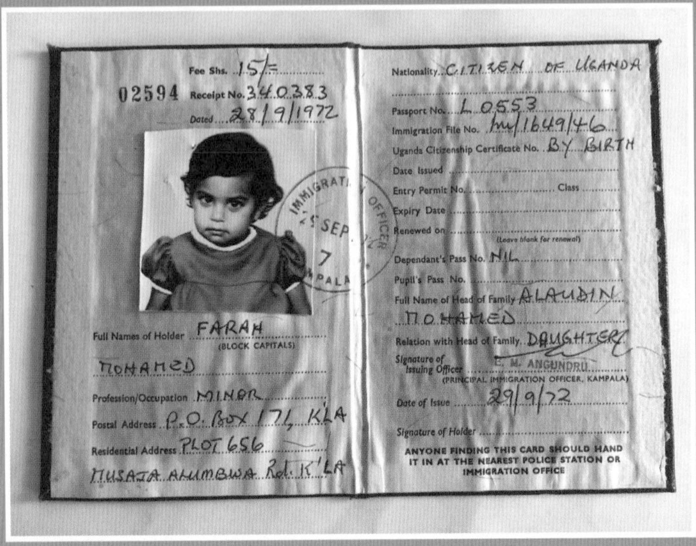

Fee Shs. 15/=
02594 Receipt No. 340383
Dated 28/9/1972

Full Names of Holder FARAH
(BLOCK CAPITALS)
MOHAMED
Profession/Occupation MINOR
Postal Address P.O. BOX 171, KLA
Residential Address PLOT 656
MUSAJA ALUMBWA Rd. K'LA

Nationality CITIZEN OF UGANDA
Passport No. L 0553
Immigration File No. M/1649/46
Uganda Citizenship Certificate No. BY BIRTH
Date Issued
Entry Permit No. Class
Expiry Date
Renewed on
(Leave blank for renewal)
Dependant's Pass No. NIL
Pupil's Pass No.
Full Name of Head of Family ALAUDIN
MOHAMED
Relation with Head of Family DAUGHTER
Signature of Issuing Officer E. M. ANGUNDRU
(PRINCIPAL IMMIGRATION OFFICER, KAMPALA)
Date of Issue 29/9/72
Signature of Holder
ANYONE FINDING THIS CARD SHOULD HAND IT IN AT THE NEAREST POLICE STATION OR IMMIGRATION OFFICE

Courtesy of Farah Mohamed

파라의 우간다 주민등록증. 다시 우간다로 돌아갈 때 소지했다.

내가 파라를 처음 만난 것은 말랄라 재단 면접에서였다. 재단의 새 책임자를 결정하기 위한 최종 면접 대상에 파라도 포함되어 있었다. 파라가 채용된 후 나는 그가 나만큼이나 키가 작아 마음에 들었다고 농담을 했다. 물론 내가 그를 좋아했던 이유는 그가 똑똑했고, 정부기관과 비영리단체에서 일한 경험이 있었으며, 나 못지않게 여성 교육의 중요성을 믿고 있었기 때문이다. 그에게서 조용한 힘이 느껴졌다.

그러나 그때는 파라 역시 난민 출신이라는 것을 알지 못했다. 그의 가족은 인도 출신이었고 그는 우간다에서 태어난 캐나다인이었다. 그가 자신의 배경에 대해 말하는 일은 드물었지만 그의 이야기는 중요한 의미를 갖는다. 우리가 자주 접하는 난민 이야기는 아직도 위험에 처한 이들, 아직도 불안정한 생활을 하는 이들의 것이다. 그래서 우리는 그들이 정착할 거주지를 찾으면 그걸로 이야기의 끝이라고 단정한다. 하지만 사실 그것은 새로운 이야기의 시작일 뿐이다.

파라의 배경에 대해 알게 되면서 나는 새 출발을 한 난민들이 자신의 이야기를 꺼리는 경우가 많다는 것을 느꼈다. 늘상 만나는 사람이어도 그에 대해 다 알지는 못한다는 것 또한 깨달았다. 난민 가정의 아이들을 보면 이제는 그 아이들이 앞으로 어떤 이야기를 들으며 어떻게 자랄지 궁금하다.

파라는 난민으로 어린 시절을 보낸 많은 사람들이 그렇듯 자신이 온전히 이해하지 못하는 무게를 어깨에 짊어지고 성장했으며, 이제는 우리와 함께 그런 무게를 지고 일어서려는 다른 이들을 도우며 살고 있다.

-말랄라

나는 비행기 좌석에서 안전벨트를 맸다. 탄자니아에서 우간다로 떠나는 길이었다. 비행기는 승객들로 꽉 차 있었다. 어쩌면 소형 비행기였기 때문에 그렇게 느꼈던 것인지도 모른다. 감사하게도 창가 자리에 앉았다. 비행기를 가득 채운 승객들이 여행자들이었는지 우간다 사람들이었는지 기억나지 않는다. 나는 우간다에서 태어나긴 했지만, 우간다 사람으로 그곳에 가는 것도, 여행자로 그곳에 가는 것도 아니었다. 내가 불안해하는 것처럼 보였는지 옆자리 사람이 괜찮냐고 물었다. 나는 고개를 끄덕이고 고맙다고 말했다.

나는 눈을 감고 심호흡을 하며 두근거리는 가슴을 진정시키려 했다. 떨렸고, 조금 무섭기까지 했다. 서른여섯 살이 되어서야 처음으로 내가 태어난 곳, 그리고 어쩔 수 없이 떠나야 했던 곳으로 돌아가는 길이었기 때문이다.

1972년에 떠났고 지금은 2006년이다.

전날 나는 절친한 친구와 킬리만자로산을 오르며 엄청나게 멋진 경험을 함께한 뒤 작별 인사를 나누었다. 친구는 다시 캐나다로 돌아갈 예정이었다. 캐나다는 지금껏 내가 집이라고 불렀던 유일한 곳이었지만, 지금 나는 캐나다가 아닌 우간다로 향하고 있다. 내가 태어났지만 아무런 기억도 남아 있지 않은 나라로.

내가 두 살 때 부모님은 나와 언니 아미나를 데리고 우간다의 수도 캄팔라를 떠났다. 언니는 세 살이었다. 비행기를 타고 7,000마일이나 떨어진 새로운 곳으로 갔던 일은 전혀 기억하지 못한다. 부모님도 그 일에 대해 말해 준 적이 없었다. 실제로 나는 이십대가 될 때까지 애초에 우리가 왜 떠나야 했는지도 모르고 있었다. 어린 시절 그저 우리가 '떠나온' 사람들이고, 그 말은 내가 캐나다에서 태어나지 않았다는 뜻이란 것만 알았다.

그렇다고 부모님이 스스로의 정체성을 부끄러워했다는 말은 아니다. 그들은 우간다인임을 줄곧 자랑스러워했고 지금도 그렇다. 그래서 우리는 일요일이면 바나나 비슷한 마토케를 커리와 함께 먹었고, 염소 발로 만든 스튜인 파야도 먹었다. 우리는 결코 무슬림임을 부정하거나 인도계 아프리카인임을 숨긴 적도 없었다. 그러나 내가 대학에 갈 때까지도 제대로 알 수 없었던 것은 우리가 왜, 어떻게 캐나다까지 오게 되었는가 하는 것이었다. 부모님은 우리에 대해 말할 때 난민이란 단어를 한 번도 사용하지 않았다. 아니, 애초에 집에서 그 단어를 들어 본 적이 없다.

뭔가 끔찍한 사건이 일어났었고, 부모님이 그것에 대해 입 밖에 내지 않는다는 것 정도만 알았다. 어머니가 그 일 때문에 슬펐다는 것도 알 수 있었다. 어머니, 아버지가 노년이 되면서 예전의 뭔가를 그리워한다는 것도 알았지만 그게 무엇인지는 몰랐다. 부모님은 나와 언니를 그 모든 비극과 정치적인 문제들에서 보호하려 했던 것이다.

하지만 가족 모임에서 어른들이 나누는 이야기에 귀 기울여 보면 사정을 어렴풋이 추측할 수 있었다. 확실히 알 수 있었던 한 가지는, 우리 가족이 자발적으로 우간다를 떠난 것은 아니란 사실이다.

나는 어릴 때부터 내가 이 나라에서 받아들여지지 못한다는 것을 분명히 느꼈다. 날 잘 모르는 아이들이 나를 '파키'라고 부르는 일이 아주 많았다. 솔직히 말하면 그때는 그것이 무슨 뜻인지 몰랐다. 누군가 파키스탄에서 온 사람을 가리키는 말이라고 설명해 주었을 때도 왜 그 단어를 그렇게 고약한 투로 말하는지 이해할 수 없었다. 그런 식의 경멸하는 별명과 야유를 듣는 일이 한두 번이 아니었다. 언니와 나를 돼지라고 부른 사람도 있었는데, 무슬림은 돼지고기를 먹지 않기 때문에 참으로 아이러니했다. 아버지는 돼지pig는 '아주 지적인 소녀pretty intelligent girls'의 약자라고 우리에게 말했다.

우리는 나중에 벌링턴으로 이사했고, 그곳은 인종적으로 좀 더 다양한 사람들이 사는 곳이었지만, 그래도 우리는 눈에 띄었다. 비싼 자전거를 탄 아이가 내게 다가와 소리를 지르던 일을 아직도 또렷이 기억한다.

"너희 나라로 돌아가."

그때 내가 이렇게 되받아쳤더라면 얼마나 좋았을까.

"여기가 우리 나라야."

이런 불링(당시에는 약자 괴롭히기를 이렇게 부르지 않았지만)은 언제나 상처가 되었지만, 진짜 큰 상처를 받았던 경험은 따로 있다. 옆집 사는 친구가 주말에 가족 별장에 함께 가자고 초대한 적이 있었다. 나는 정말 신이 났다. 부모님은 친구들이 우리 집에 놀러 오는 건 언제나 환영했지만 내가 다른 집에 가서 자고 오는 건 좋아하지 않았다. 하지만 내가 너무나 기뻐하자 마지못해 허락해 주었다.

나는 친구네 가족과 함께 별장에 도착했다. 처음엔 신났지만 곧 친구의 새어머니가 나를 무시한다는 것을 알아차릴 수 있었다. 그 새어머니가 "너희 같은 사람들"이라고 표현할 때 그것이 나를 가리키는 말임을 깨달았다. 더 모욕적인 것은 친구의 아버지가 내게 미안하다고 사과하며, 그 새어머니가 캐나다 사람이 아닌 아이에게 익숙하지 못해서 그렇다고 말한 거였다. 나는 캐나다에서 자랐다. 그곳에 있던 사람들과 다르지 않게 나도 캐나다인이었다. 너무도 언짢아 예정보다 하루 일찍 집으로 돌아왔다.

아직까지도 나는 누군가 "너희 같은 사람들"이라고 말하는 것을 들으면 주먹을 꽉 쥐게 된다. "어떻게 감히?"라는 마음이 드는 것이다.

내 모국어는 영어였다. 우리 부모님은 구자라트어, 쿠치어, 힌디어, 우르두어, 스와힐리어, 영어 등 여섯 개 언어를 하지만 나와 언니에게는 영어만 사용했다. 현지의 언어를 배우는 것이 그 나라에서 받아들여지고 소속감을 느낄 수 있는 최선의 방법이라 믿었던 것이다. 그뿐이 아니었다. 우리는 이슬람교도였지만 그럼에도 크리스마스를 축하했다. 크리스마스트리를 장식하고, 선물을 하고, 칠면조 요리를 해서 현지 분위기를 따랐다. 부모님은 유대교 명절인 하누카도, 그 밖의 다른 종교 명절도 기념하며 가능한 한 캐나다 생활방식을 따르려 노력했다.

나는 캐나다에 사는 것이 행운이라는 말을 들으며 자랐다. 부모님은 우리가 나중에 성인이 되어 이룬 것을 다시 이 나라에 돌려주어야 한다고 말하곤 했다. 이런 생각이 우리 가족의 가치관에서 중요한 부분을 차지했다. 어머니는 캐나다에서 한 번도 외부인처럼 느낀 적이 없다며, 사람들이 모두 친절하고 우호적이라고 했다.

퀸스 대학(장학금을 받아 다녔다) 1학년 때 나는 우간다인 평화단체에 가입했다. 내가 이 단체를 찾아 가입한 건지, 아니면 이

단체에서 먼저 내게 연락한 건지는 기억나지 않는다. 그 시절엔 페이스북 같은 것도 없었는데! 기억나는 것은 한 흑인 우간다 남성이 단체의 리더였고, 그는 우간다로 가서 평화 재건을 도울 계획이었다는 것이다. 우리 단체는 십여 명 정도였고 흑인 우간다인과 아시아계 우간다인이 섞여 있었다. 부모님에게 나도 이 단체의 일원으로서 우간다로 가 부패와 무능한 지도자, 대량학살 등에 맞서 싸울 거라는 계획을 말하자 부모님은 완강하게 반대했다. 내가 어떤 결정을 해도 항상 응원하던 부모님이었기에 나는 충격을 받았고, 화가 났다. 그제야 그들은 왜 우간다를 떠나야 했는지, 그 이유를 내게 들려주었다.

1971년부터 1979년까지 우간다의 대통령이었던 이디 아민은 1972년 아시아계 우간다인을 배척한다는 결정을 내렸다. 우리 가족을 포함해 50만 명이 국적을 박탈당했다. 이디 아민은 90일 내에 우간다를 떠나라고 선포했고, 모든 것이 순식간에 바뀌었다. 재산을 모두 몰수당할 거라는 사실을 깨달은 어머니는 은행으로 가서 보관했던 보석을 찾아왔다. 그때 군인 두 명이 어머니 뒤를 몰래 쫓아 집까지 따라왔다.

문을 두드리는 소리에 어머니가 문을 열자 군인들이 서 있었다. 군인들은 어머니를 밀쳐 쓰러뜨리고 때린 후 보석을 훔쳐 갔다. 그들은 이 사실을 알리면 죽이겠다고 협박했다. 어머니는 살해의 표적이 된 것이다.

다음 날 어머니와 아버지는 캐나다 이민공사로 갔고 떠날 계획을 세우기 시작했다. 캐나다 정부는 우간다 난민들을 열린 마음으로 수용해 주고 있었다. 그리고 몇 주 후 우리 가족은 캄팔라를 떠나 공항이 있는 엔테베로 갔다. 한 사람당 가방 하나씩만 허용되었다.

우리는 밤에 몬트리올 공항에 도착했고, 버스를 타고 군부대로 이동했다. 그곳에서 따뜻한 코코아와 차, 음식을 제공받았다. 그리고 막사로 가서 방 하나에서 네 식구가 함께 잤다.

다음 날 우리는 캐나다 이민국으로 갔고, 온타리오주의 세인트캐서린스라는 도시에서 살게 된다는 말을 들었다.

나는 자라는 동안 부모님이 우간다를 떠난 것이 얼마나 가슴아픈 일이었는지, 얼마나 많은 것을 포기해야 했는지 알지 못했다. 이제서야 부모님이 부유한 가정 출신이며 두 사람 다 영국에서 공부했고 언니도 영국에서 태어났다는 것을 알게 되었다. 언니가 태어난 후 부모님은 다시 캄팔라로 돌아왔고, 나는 1970년 캄팔라에서 태어났다. 폭력의 위협 아래 갑작스럽게 조국에서 쫓겨나 아는 사람 하나 없고 먹고살 길도 막막한 낯선 나라로 오는 일이 얼마나 힘들었을지, 나로서는 감히 상상이 되지 않는다.

나는 독립적으로 살도록 교육받았지만, 또한 가족을 존중하는 분위기 속에 성장했다. 열여덟 살이 되어서도 부모님은 여전히 내가 내리는 결정에 큰 영향을 끼치고 있었다. 하지만 우간다로 가는 일에 관해서는 부모님이 반대했음에도 고집을 꺾지 않았다. 그런데 결국 단체가 해체되는 바람에 그 계획은 무산되고 말았다. 나는 실망했고 부모님은 안도했다.

우간다에는 가지 못했지만, 이제 나는 부모님이 숨겨 왔던 이야기를 알고 있었다. 그리고 당시 우리 가족을 비롯한 수많은 사람들에게 무슨 일이 있었는지 점점 더 많이 알게 되었다. 그러면서 나의 태도가 바뀌기 시작했다. 나이가 들면 들수록 더욱 분노하게 되었다. 나는 왜 부모님이 진실로부터 나를 보호하려 했는지 이해하기 시작했다. 너무 고통스러웠기 때문이다.

내가 서른여섯 살이 되던 때 한 친구가 자선단체 모금의 일환으로 킬리만자로산을 오르자고 했다.

그전까지 나는 국무부장관실, 법무부장관실, 보건부장관실, 부총리실 등 정부에서 일을 해 왔다. 사스 전염병 발생과 9·11에 대한 캐나다 정부 대응 당시 나는 정부 대변인이었다. 상상해 보라. 파라 모하메드가, 테러리스트 양산국으로 간주되는 나라에서 온 난민이 캐나다 정부 대변인이라니! 나는 새로운 종류의 도전을 할 준비가 되어 있었다. 게다가 킬리만자로가 있는 탄자니아는 내가 태어난 나라와 가까웠다. 마치 어떤 계시 같았고, 최소한 하나의 기회가 될 거란 생각이 들었다.

등반이 1월로 예정되어 있었는데, 함께 가기로 한 친구에게 건강상의 문제가 생겼다. 그래서 나는 다른 친구에게 연락해 물었다.

"1월에 뭐 해?"

"글쎄."

"그럼 우리 킬리만자로산 올라가자!"

부모님에게는 킬리만자로로 떠나기 한 달 전인 12월에야 이 사실을 알렸다.

"저 우간다에 갑니다."

부모님은 이번에도 걱정스러워했지만, 그즈음 우간다 정부는 해외 망명 우간다인들에게 빼앗았던 토지를 돌려줄 테니 다시 돌아와 나라 재건을 도와 달라고 청하고 있었다. 삼촌도 가족 소유의 상업용 토지에 대해 알아보려 우간다에 들어가 있었다. 언니 역시 우간다 여행을 계획 중이었다.

킬리만자로를 함께 오른 사람들에게 작별 인사를 하고 우간다로 가는 작은 비행기에 오르자 나는 불안해지며 속이 울렁거렸다. 나는 늘 그렇듯 캐나다 여권을 소지하고 있었다. 그리고 내가 두 살에 우간다를 떠나며 지니고 온 우간다 주민등록증 또한 가지고 있었다. 둘 중 어느 것이 진짜 나의 정체성일까?

활주로에 내린 비행기가 공항 건물로 다가가는 동안 걱정이 점차 커져 갔다. 세관을 통과할 때 문제가 있으면 어떡하지? 내 가방이 제대로 왔으려나? 외국에 갔을 때 으레 드는 걱정들이었지만, 이 나라가 내게 외국이어서는 안 되는 거였다.

세관원은 완벽한 군인 복장을 하고 있었다. 그는 내게 아무 말도 하지 않았고 나도 전혀 말을 하지 않았다. 나는 다른 나라에 갈 때면 안녕하세요, 고맙습니다, 부탁드립니다 등 간단한 그 나라 인사말을 배우려 노력했다. 부모님도 그렇게 가르쳤다. 그런 말들을 할 수 있다면 큰 문제는 없을 거라고. 그런데 나는 입이 굳은 채 거기 서 있었다. 단 한 마디도 할 수 없었다. 심지어 눈조차 마주치지 못했다. 나답지 못한 행동이었다.

세관을 통과하자 삼촌이 보였다. 눈물이 나오려는 것을 참았다. 너무나도 마음이 놓였다. 몸에서 스트레스가 빠져나가는 것이 느껴질 정도였다.

언니는 이미 캄팔라에 가 있었다. 언니는 우리 가족의 우간다 탈출을 주제로 다큐멘터리 제작을 시작했다. 언니 역시 우간다에 처음 온 것이었고, 언니의 경우 이곳에서 태어나지도 않았지만 늘 우간다에 애정을 갖고 있었다. 언니는 육군 사령관들을 인터뷰했다. 또한 부모님의 옛집에 살고 있는 사람들도 만났다. 언니는 두려움을 몰랐다. 하지만 난 그곳에 있는 것이 너무나 무서웠다.

그날 오후 나는 삼촌에게 내가 태어난 병원과 부모님이 살던 집, 그리고 우리가 다니던 시장으로 데려가 달라고 부탁했다. 친척들이 어린 시절에 대해 들려준 이야기들을 들으며 기대한 것들이 있었다. 뭔가 웅장하고, 어쩌면 아름다운 것들을. 그러나 나는 실제로 그곳들을 둘러보고 난 후 충격을 받았다. 화가 났고, 심지어 우울하기까지 했다. 전에도 가난을 목격한 적은 있었지만 이렇게 심각한 빈곤은 본 적이 없었다.

나는 우간다가 아프리카의 진주였다는 이야기를 들으며 자랐다. 온통 초록이 우거진, 풍성하고 아름다운 나라라고 들었다. 그러나 내가 본 것은 쓰레기 더미 속에 서 있는 아이들이었다. 무너져 가는 건물들은 마치 수 세기 동안 그곳에 있었지만 아무도 관리하지 않은 것처럼 보였다. 온통 쓰레기와 매연 냄새뿐이었다.

이 모든 것에 나는 너무나 슬퍼졌다.

그곳에 머무른 며칠 동안 아무것도 제대로 보지도, 하지도 못했다. 그러다 몇 시간 떨어진 곳에 사는 또 다른 삼촌을 방문했다. 삼촌이 운영하는 장미 묘목장이 아름다웠지만 그것을 감상할 마음이 생기지 않았다. 오직 폐허와 빈곤만이 눈앞에 아른거렸다.

캐나다 집으로 돌아오자 마음이 더욱 힘들었다. 멋진 아파트, 거리, 해안을 보며 많은 생각이 들었다. 대학 시절 이후 나는 우리를 조국에서 내쫓은 이디 아민을 증오하며 오랜 시간을 보냈다. 그런데 지금 이렇게 아파트 발코니에 앉아 신선한 공기를 마시니 죄책감과 감사한 마음이 동시에 떠올랐다.

생각하면 끔찍한 일이다.

캐나다에 사는 일이 얼마나 축복인지는 잘 알았다. 우간다를 떠난 사연은 나중에야 제대로 알게 되었지만 부모님은 그 전에도 우리가 캐나다로 올 수 있었던 것이 얼마나 행운이었는지 우리에게 이해시키곤 했었다. 나는 그것을 난민의 감사함이라 부른다. 하지만 단 한 사람이 그 많은 사람들의 운명을 결정하다니, 역시 분노를 느끼지 않을 수 없었다.

그 순간 나는 내가 변화를 일으켜야 한다는 것을 깨달았다. 한 번 솟아오른 이런 감정들은 사라지지 않을 것이다. 직장에 사직서를 내고 이 감정과 관련된 일을 찾기 시작했다. 그 결과 한 여성을 만났고, 그는 자신의 이름을 딴 재단을 만들어 개발도상국 여성들의 힘을 키워 주는 일을 내게 맡겼다. 나는 이 과정에서 G(irls)20이라는 프로그램을 만들었고, 나중엔 이 프로그램을 독립시켜 어린 소녀와 젊은 여성을 위해 전적으로 봉사하기 시작했다. 이것이 내가 말랄라 재단에서 일하게 된 과정이다.

우간다에 대한 내 감정은 복잡하다. 1/3은 관심이며 1/3은 우간다에서 살지 않았던 것에서 느끼는 죄책감이다. 또 다른 1/3은 아직도 세계 곳곳에서 그런 일이 계속되고 있다는 사실에 대한 분노이다. 나는 여전히 내가 태어난 나라를 위해 할 수 있는 일이 무엇인지 찾으려 노력하고 있다. 때로는 나의 조국이 나를 포기했다고 느끼곤 하지만 나는 결코 조국을 포기하지 않을 것이다.

에필로그

2012년 10월 9일, 파키스탄의 스와트 계곡을 떠날 때 나는 눈을 감은 채였다. 일주일 후 영국 버밍엄의 한 병원 중환자실에서 눈을 떴다. 영국에서의 생활을 점차 좋아하게 되었지만 오랜 시간 고향 밍고라를, 내 친구들, 내 방, 우리 학교, 그곳의 소리와 냄새를 그리워하며 지냈다.

처음에는 내가 다시 돌아갈 수 없다는 것을 몰랐다. 그러다 돌아갈 수 없다는 이야기를 들었을 때 나는 믿지 않았다. 믿을 수 없었다. 의식이 없는 사이 고향과 세상을 잃어버리는 게 어떻게 가능하단 말인가? 폭력과 테러 때문에 나는 고향을 빼앗긴 것이다.

세월이 흐르면서 정치적 지형이 변화했고, 나는 어쩌면 다시 돌아갈 수 있지 않을까 생각했다. 방법을 알아보았지만 결과는 부정적이었다. 거듭 알아보았지만 여전히 힘들다고 했다. 하지만 나는 마음을 먹었다. 나는 아주 고집이 센 사람이며, 길이 있을 터이니 그 길을 찾고야 말겠다고.

2018년 3월 31일, 나는 밍고라의 우리 집에 서 있었다. 시간이 저절로 과거로 되감기는 기분이었다.

우리 가족과 나는 가방을 꾸려 영국에서 두바이로, 두바이에서 이슬라마바드로 비행기를 타고 날아갔다. 이슬라마바드에서는 헬리콥터를 타고 스와트로 향했다. 나는 처음으로 내 두 눈 아래 펼쳐지는 나의 아름다운 계곡을, 그 끝없이 이어지는 산맥과 짙은 녹음과 강을 바라보았다. 내가 혹여 그 순간을 잃어버릴까 봐, 내가 어떤 감정이었는지 잊어버릴까 봐 순간순간을 기억 속에, 그리고 물론 휴대전화에도 저장했다.

내가 이송되던 날에도 이렇게 아름다웠는지 궁금해졌다. 아버지가 대답했다.

"바다도 산도 보이지 않더라. 네 눈이 감겨 있으면 우리 눈도 감겨 있는 거다."

우리는 내가 들것에 누워 헬리콥터를 타고 나갔던 바로 그 이착륙장에 공기를 가르며 내렸다. 모두 말이 없었다.

집으로 돌아온다는 일의 의미는 우리 각자에게 다르게 다가왔다. 막냇동생 아탈은 그때 너무 어렸다. 아탈에겐 파키스탄에서 보낸 시간이 흐릿한 기억이었고, 그는 이제 영국 아이가 되어 있었다. 하지만 또 다른 동생 쿠샬과 나, 부모님이 헬리콥터에서 첫발을 내디뎌 흙을 밟았을 때 느낀 감정은 아주 벅찬 것이었다. 어머니는 기쁨의 눈물을 흘렸다.

나는 모든 것을 다 마음속에 담았다. 이 땅의 느낌, 이 태양의 따뜻함, 다르면서도 익숙한 이 바람을. 그러고 나서 우리는 오랫동안 꿈꾸었지만 결코 이룰 수 없을지도 모른다고 걱정했던 일을 실행에 옮겼다. 집으로 간 것이다.

낯익은 장소들, 친구네 집, 동생들과 뛰어놀던 거리, 학교 가던 길 등을 지나자 가슴이 두근두근 뛰기 시작했다. 그리고 곧 어머니와 함께 내 방에 들어섰다. 이제 우리 집에는 우리 가족이 잘 아는 사람들이 살고 있었지만 그들은 친절하게도 내 방을 내가 떠날 때 모습 그대로 보존하고 있었다.

2012년 내가 학교에서 집으로 돌아오지 못했던 바로 그날, 어머니는 다시는 딸과 함께 우리 집에서 평온한 시간을 보낼 수 없을지도 모른다고 생각했다. 그래서 어머니는 그 방에 서 있는 내 모습을 보는 것만으로도 아주 행복해했다. 나는 어머니 얼굴에서 오랫동안 보지 못했던 평화를 볼 수 있었다. 나중에 어머니가 말했다.

"말랄라는 눈을 감은 채 파키스탄을 떠났는데, 이제 눈을 뜨고 돌아왔구나."

나는 눈을 아주 크게 뜨고 있다. 나는 내가 얼마나 운이 좋았는지, 지금도 얼마나 운이 좋은지 알고 있다. 이 여행은 내게도, 우리 가족에게도 아주 신나는, 무척이나 아름답고 두고두고 간직할 추억이었다. 쉽진 않았지만, 그리고 아주 짧은 기간이었지만 나는 마침내 집으로 돌아올 수 있었다.

내가 얻은 이 기회는 어떤 이들에겐 결코 주어지지 않을 것이다. 이 책에 등장하는 많은 여성들, 그들의 이야기는 여전히 진행형이다. 그들은 집으로 돌아가는 일이 거의 불가능하다고 느끼고 있을 것이고, 어쩌면 실제로도 불가능할 것이다. 하지만 언젠가 그들이 원한다면 그들도 돌아갈 수 있기 바란다.

파키스탄에는 내가 떠난 이후 많은 변화가 있었다. 지역에 따라서는 혼잡할 정도로 인구가 급증했다. 2012년과 비교하면 스와트에도 사람과 집이 많이 늘었다. 그리고 훨씬 더 평화로웠다. 나는 산기슭에 서서 탈레반이 본거지로 삼았던 산들을 건너다보았다. 이제 그곳은 푸른 숲이다.

그렇지만 우리 나라(나는 비록 이제 이곳에 살지 않지만 늘 우리 나라)에는 여전히 할 일이 많다. 나의 생각과 행동이 우리 나라와 멀어졌던 적은 단 한 번도 없다. 내 꿈은 파키스탄의 모든 어린이들이 안전하게 12년간 양질의 무상교육을 받고, 그 후 열심히 일해 위대한 미래를 건설하는 것을 보는 일이다.

지난 몇 년 동안 말랄라 재단은 파키스탄의 여성 교육에 많은 투자를 했고, 그 결과 샹글라에 최초의 여성고등교육기관을 열었다. 뿐만 아니라 파키스탄 전역에서 여성 교육을 지원하고 있다.

내가 우리 나라를 떠난 것은 내 선택이 아니었지만, 다시 돌아간 것은 내 선택이었다. 인생을 송두리째 바꾸는 결정의 선택권이 내게 있지 않았다는 것 때문에 이제 나는 내가 할 수 있는 선택에 대해 매우 신중하다. 나는 내가 옳다고 생각하는 일에 대해 말하기로 선택했다. 나는 옳은 일을 하는 다른 이들을 지지하기로 선택했다. 전 세계 사람들의 응원을 받아들이기로 선택했다.

나는 난민이 되었고, 내 삶의 그 시기 기억들을 바탕으로 전 세계 6,850만 난민들과 연대하기를 선택했다. 난민들을 만나고, 난민들을 돕고, 난민들의 이야기를 나눌 것이다.

그 후의 이야기

계획에 없던 일이지만 지금 세계적으로 벌어지는 일을 보면서 이 책을 쓰지 않을 수 없었다. 세계 곳곳에서 많은 사람들이 나의 뜻을 지지해 주었고, 나는 내 목소리가 멀리 퍼져 나갈 수 있음을 감사하게 생각한다. 무엇보다 이 여성들이 자신의 이야기를 내게 들려주고, 내가 그 이야기를 독자들과 나눌 수 있도록 허락해 준 것에 감사한다.

자이나브는 그린카드보이스의 이민자·난민 청년대사이다. 세인트캐서린대학 3학년에 재학 중이며 정치학, 국제관계학, 철학을 공부하고 있다. 법학대학원에 진학해 국제인권변호사가 된 후 예멘으로 돌아갈 계획이다. 자이나브의 꿈은 법과 신념, 사회정의를 통해 세상을 평화로운 곳으로 만드는 일이다.

사브린과 그의 남편은 벨기에에 살고 있다. 최근에 아들을 낳았고, 유명한 축구 선수 지단을 따라 지단이라고 이름을 지었다. 사브린은 네덜란드어를 공부하고 있으며 다시 학교로 돌아가 교육받은 엄마로서 생활을 꾸려 가고 싶어 한다. 사브린은 벨기에를 새로운 고향으로 생각하며 그가 떠나올 수밖에 없었던 예멘에서의 삶으로 돌아갈 계획은 없다.

무준은 가족과 함께 영국에 정착했다. 요르단의 난민 캠프에 살던 시절부터 어린이 교육 운동을 시작했던 무준은 최연소 유니세프 굿윌 대사가 되었는데, 첫 난민 출신 대사로서 세계를 돌며 어린이 교육권을 위해 일한다. 영국의 한 대학에서 국제정치학을 공부하고 있다.

나일라는 이라크 다후크 지방에 위치한 샤리야의 정착민 캠프에서 살고 있다. 그 캠프에는 나일라의 가족뿐 아니라 18,000명의 난민이 있다. 캠프에는 학교가 있지만 나일라는 스물한 살로 나이가 너무 많아 학교에 다닐 수 없는 상황이다. 그의 꿈은 대학에 가는 것이고, 이상적으로는 외국의 대학으로 유학을 가는 것이다. 나일라는 그날을 준비하며 조만간 언니와 함께 샤리야에 미용실을 열 계획이다.

마리아는 콜롬비아의 마누엘라 벨트란에서 어머니, 동생과 살고 있다. 네일숍에서 일했지만 대우가 나빠 그만두었다고 한다. 그는 대학에 진학해 커뮤니케이션이나 유아교육을 공부하고 싶다. 공부를 하는 것이 가족을 안전하게 지키는 최선의 길이라 믿기 때문이다. 마리아의 꿈은 다시는 굶주림과 가난을 겪지 않도록 자신과 가족을 부양할 수 있는 안정적인 직업을 가지는 것이다.

아날리사는 에르네스토와 그의 가족과 함께 미국 매사추세츠에서 살고 있다. 고등학교를 졸업하면 대학에 진학해 간호학을 공부할 계획이다. 아날리사의 꿈은 간호사가 되어 도움이 절실한 이들을 돕는 것이다.

마리 클레어는 미국 메릴랜드에 있는 워싱턴어드벤티스트대학에 재학 중이며 간호학을 전공한다. 그의 꿈은 유엔의 국제 시그마 간호 프로그램에서 일하는 것이다. 그렇게 된다면 세계의 난민들, 특히 잠비아의 난민들과 일할 수 있는 기회를 얻게 될 것이다. 그는 간호사이자 멘토로서 난민들도 꿈을 추구할 수 있다는 희망을 주고 싶어 한다.

제니퍼는 미국 펜실베이니아 랭커스터에서 남편과 두 아들과 함께 살고 있다. 마리 클레어 가족이 근처에 살고 있으며, 제니퍼는 그들을 가족의 일원으로 생각하고 있다.

아지다는 방글라데시 콕스의 바자르 난민 캠프에 남편과 세 아이와 함께 있다. 이 캠프에 70만 로힝야 난민이 살고 있다. 사랑의 군대에서 일자리를 얻은 아지다는 동료 난민들을 위한 점토 화덕을 만들고 있으며, 남편은 청소 팀에서 일하고 있다. 아이들은 아홉 살, 일곱 살, 네 살로 커뮤니티센터에 다니지만, 제대로 된 학교는 없다. 아지다는 그의 나라로 돌아갈 계획이 없다.

파라는 지금은 런던에 거주하며 말랄라 재단의 책임자로 일하고 있다. 말랄라 재단의 임무는 전 세계 모든 소녀들이 질 좋은 교육을 안전하게 무상으로 받을 수 있도록 돕는 것이다.

나와 내 가족은 파키스탄을 떠나야 했지만 다행히 따뜻한 환대를 받으며 정착할 수 있었다. 많은 사람들이 그렇게 고향을 등질 수밖에 없었던 수많은 사람들을 받아들였다. 스와트의 국내 난민을 받아들였던 사람들, 그리고 제니퍼와 파라처럼 난민을 지원하고 있는 사람들이야말로 인류애의 상징이다. 나는 그들에게, 그리고 이 책을 선택함으로써 자이나브와 사브린, 무준, 나일라, 마리아, 아날리사, 마리 클레어, 아지다, 파라의 이야기를 발견해 준 독자 여러분에게 감사의 마음을 전한다.

우리는 난민입니다

1판 1쇄 2020년 9월 15일 | 1판 3쇄 2021년 10월 25일
지은이 말랄라 유사프자이 · 리즈 웰치 | 옮긴이 박찬원
책임편집 엄희정 | 편집 곽수빈 원선화 이복희 | 디자인 이은하
마케팅 정민호 박보람 김수현 | 홍보 김희숙 함유지 김현지 이소정 이미희
제작 강신은 김동욱 임현식 | 제작처 영신사
펴낸곳 (주)문학동네 | 펴낸이 염현숙 | 출판등록 1993년 10월 22일 제406-2003-000045호
주소 10881 경기도 파주시 회동길 210 | 전자우편 kids@munhak.com | 홈페이지 www.munhak.com
카페 cafe.naver.com/mhdn | 북클럽 bookclubmunhak.com | 인스타그램 @kidsmunhak | 트위터 @kidsmunhak
대표전화 031-955-8888 팩스 031-955-8855 | 문의전화 031-955-8895(마케팅) 02-3144-3236(편집)
ISBN 978-89-546-7453-9 03840

잘못된 책은 구입하신 서점에서 교환해 드립니다. 기타 교환 문의: 031-955-2661, 3580